바람의 언덕에서

바람의 언덕에서

지은이 | 배정록
펴낸이 | 一庚 장소님
펴낸곳 | 답게

초판 인쇄 | 2018년 10월 10일
초판 발행 | 2018년 10월 15일

등 록 | 1990년 2월 28일, 제 21-140호
주 소 | 04994 서울시 광진구 면목로 29(2층)
전 화 | (편집) 02) 469-0464, 02) 462-0464
(영업) 02) 463-0464, 02) 498-0464
팩 스 | 02) 498-0463

홈페이지 | www.dapgae.co.kr
e-mail | dapgae@gmail.com, dapgae@korea.com

ISBN 978-89-7574-299-6

나답게 · 우리답게 · 책답게

고뇌와 사색의 시와 산문집

바람의 언덕에서

배정록

도서출판 답게

/ 저자의 말 /

가까이에서 보면

애틋하지 않은 것이 없습니다.

꽃도

바람도

별도

보잘 것 없는 글이지만 단 한 사람의 가슴에라도

위안을 줄 수 있다면 저는

바랄 것이 없겠습니다.

2018년 가을

목 차

그리운 어머니

망초꽃

한 끼 먹지 않아도
배고프지 않을 때가 있다.
몇 날밤 뜬눈으로 새워도
잠이 오지 않을 때가 있다.

잎 떨어진 민들레 곁에 서서
손짓하는 여인
하얀 머리 메마른 몸
미치도록 그리웠던 여인의 냄새

하얀 쌀밥 사과 한쪽
촛대 아래의 소주 한잔
보고 싶어 오셨겠지.
당신도 나만큼 그리웠던 게지.

울 엄마

달의 뒤편에는 천국이 있다기에
물그릇 들고 나가 달을 담았다.

달은 손 위에서 잠자코 있다가
하얀 찔레꽃을 피워내고 있었지.

하얀 찔레꽃 어릴 적 먹던 꽃
울 엄마 품에서 눈 비비며 먹던 꽃

천국이 있다해 달을 담아보았더니
울 엄마 젖냄새, 거기 스며 있었네.

어머니의 밥그릇

어머니 밥그릇은 양푼이었다.
아이들 밥그릇은 대접이었고
아버지 밥그릇은 큰 대접이었다.
아버지 밥그릇엔 입쌀이 조금
아이들 밥그릇엔 감자가 듬성듬성

어머니 밥그릇은 양푼이었다.
남은 것 모아지던 어머니의 밥그릇
보리밥에 가지나물 상추에 시골막장
쓱쓱 비며 먹고 나면
그제야 주섬주섬 비벼대던 어머니

달그락달그락
달그락달그락
수북한 상추 속에 빨간 막장 속에
밥알은 어디 두고
배부르나? 배부르나? 진짜로 배부르나?

새벽괭이질

어젯밤 우리 엄마
연분홍 저고리 입고 있었지.
망초꽃 손에 들고 흔들던 엄마

새벽괭이질에
두 눈 꼭 감았더니
구멍 뚫린 몸빼바지 우물가에서
꺽꺽 소리 내며 울고 있었어.
엄마가 벗어놓은 흙 묻은 바지
가슴에 끌어안고
엄마, 엄마 부를 때에
코끝으로 전해지던 엄마젖냄새

어젯밤 우리 엄마
예쁜 저고리 입고 있었지.
망초꽃 손에 들고 흔들던 엄마
우물가로 찾아와 안아주었네.

그해 5월

여름이면 우리 엄마 노란 참외 주었었지.
줄기부분 뱉어내고 껍질째 먹었는데
그해 5월 밭골에는 잡초만이 가득했어.

봄이면 우리 엄마 골을 기며 심으셨지.
모종마다 말을 걸며 환한 미소 머금으며
여름이면 찾아올 막둥이를 떠올렸지.

그해 5월 밭골에는
흔들리는 아지랑이
엄마엄마 부르며 빨리 오라 말했었어.

빈 집

어머니가 울고 계셨다.
눈물 콧물 흘리며 울고 계셨다.
어머니는 동구 밖만 보고 계셨다.

어머니를 불러 보았다.
이젠 울지 말라고 소릴 질렀다.
어머니는 내 목소릴 듣지 못했다.

여덟 살 내 동생
세워줄 수 없는데
어머니는 자꾸만 옥이를 불렀다.

무료통화

전화를 겁니다.

번호는 매번 다릅니다.

때로는 1234

때로는 0000

또 때로는 내 번호를 누릅니다.

하지만 언제나 받아주는 목소리 있습니다.

눈물 날 때나 기쁠 때나

맨 정신일 때나 술 취했을 때나

그래, 그래, 오냐, 오냐

달나라의 기지국은

요금도 받지 않습니다.

할미꽃

휠만도 하지.

평생을 쟁기질에 호미질에 아이들 뒷바라지에

허리 펴고 한숨 쉬고 또 숙여야 했으니 휠만도 하지.

실컷 자보는 것이 소원이었다고

이젠 쌀밥걱정 없어 행복하다고

양지바른 언덕 위에 노란 참외를 심어

나무껍질 같은 손으로 쓱쓱 닦아 건네시던 농사꾼 어머니

갈라질 만도 했지.

얼음물로 빨래를 하고 잡초를 뽑고

그렇게 6남매를 키워놓고도

너들은 개처럼 컸다고

그렇게 키웠다고

예쁜 옷 사주지 못해 미안하다.

더 공부시켜주지 못해 미안하다.

하늘나라 가셨는데
이제 볼 수 없는데
보고 싶다며 이름 불러 달라고
시냇물 흐르는 강둑에 앉아 목 놓아 울고 났던 어느 날

양지바른 언덕 위 밝은 햇살 아래
하얀 분에 자줏빛 립스틱에
살아서 입어보지 못한 옥빛 주름치마에

팔을 벌리고는 부르는구나!
이리 오라고
어미 왔으니
이리 와서 안기라고

어머니
할미꽃 되어 찾아오신 그리운 내 어머니

고향생각

보이는 것은 산뿐이었다.
바람에 흩날리는 복사꽃
돌무더기 비탈밭엔
쟁기 끄는 어미소의 눈동자가 있었다.

보이는 것은 그리움뿐이었다.
술래 잡는 아이들과
떠난 사람들이 벌이는 소박한 잔치
내리는 햇살은 변함이 없었다.

노을이 물들었다.
언제나 그곳에 있었는데
맨발로 뛰어와 반겨주시던 어머니
불러도 대답이 없었다.

보이던 것이 안개 속으로 숨어버렸다.
잡초는 수풀이 되었다.

어머니 1

양푼이 들고 산딸기를 따러갔다. 가시덤불 헤치며 동생은 딸기를 땄고 나는 바위에 앉아 움직이는 구름을 보았다. 할아버지가 새 포대기로 나를 업었다. 누나가 헌 포대기로 동생을 업었다.

여덟 살 봄, 진달래 핀 계절이었다. 어머니에게 받은 백 원으로 과자를 샀지만 차마 먹지 못하고 종종걸음을 하던 내 눈에 15리 산길 고갯마루에 다리 아플까 마중 나오신 어머니가 보였다, 어머니 무릎에 앉은 여동생이 보였다, 나는 고래고래 소리를 쳤다. 양팔을 휘저으며 과자를 샀다고 옥아, 내가 과자를 샀다고!

내 동생

새 옷은 아니어도
분홍색 꽃이 있다는 이유만으로
신이 난 내 동생
누나가 사준 수영 모자를 눌러 쓰고는
히죽하고 웃어 보인다.

여름이 되면
그 모자를 쓰고 물장구치며 놀겠다고
언니 고마워! 고마워!

소풍날 아침
어머니 허리 잡고
백 원만 더 달라며 보채다가
아버지께 호되게 야단맞고도
자기가 산 과자 하나를
내 손에 건네주던 마음착한 내 동생

짓궂은 아이들에게
딸기 목걸이를 빼앗겨
오빠! 하며 쫓아와도
한 대도 때려주지 못한 나를 보며
얼마나 원망했을까?
서러웠을까?

하늘에 박힌 수많은 별들 사이로
개똥별 하나가 떨어지던 날
처마 밑 마당에선
모기를 쫓으려 짚단을 태웠고
반디는 담장 너머로

예쁜 그림을 그리며 날고 있었다.

헤진 신발신고 마당 위를 뛰어다니며
내일은 수영모자 쓰고 물장구치며 놀 거라고
또
내일은 강가에 가도 되지?
가서 물장구치며 놀아도 되지?

아침이슬 보다
밤하늘 별 보다
더 예쁘고 착했던 동생은
그날 밤
하늘나라로 떠나갔다.

이제 나에게도 살아생전 동생만한 딸이 있는데
딸기 목걸이 빼앗아 간 놈 때려주지 미안한데
그리운 마음을 미안한 마음을 전할 길이 없다.

수의가 되어버린 꽃그림 옷과
어머니 눈물 속에서 태워진 수영 모자.
해옥아
오빠도 그날 너와 함께 먹은 골뱅이가
마지막이란다.

고향집 들마루, 참 많이도 우셨다. 망초꽃 보며 웃음 짓던 어머니 동구 밖 보며 참 오래 우셨다. 유품 정리할 때 천 원 권 지폐 하나와 내가 살던 집 주소가 적힌 메모지가 전부였던 지갑!

"막둥아, 걱정 마래이. 아부지 속 섞이믄 니한테 가믄 되잖나! 경찰 아저씨한테 이거 보여주믄 안 찾아 줄라꼬?"

날 찾아온다던 양반이 하늘 찾아가셨다.

사람들은 죽은 사람이 불쌍하지 산 사람은 어떻게든 산다고 합니다. 그런데 말이지요. 산 사람도 고통스럽더군요. 저 역시 한 번은 혼수상태에서, 한 번은 척추 골절로 움직이지 못하던 때가 있습니다. 그런 저를 가족은 대학병원 정신병동에 입원시켰지요. 그런데 막상 이렇게 살고 보니 살아있다는 것이 얼마나 행복한지 모른답니다.

밤하늘을 보십시오. 나뭇잎 사이로 내리는 햇살을 보십시오. 논둑 위에 핀 민들레를 보십시오. 작은 바람에도 순응하며 살아가는 민들레! 예쁘지 않은지요? 잃을 것이 없다면 근심 없습니다. 잃는 것을 두려워하지 않는다면 괴로울 까닭도 없습니다. 무더운 여름일지라도! 오늘의 이 하루가 여덟 살에 떠난 제 동생에겐 세상 무엇보다도 소중한 하루일지 모릅니다.

소리죽인 채 피어있는 꽃, 저마다 아픔 간직한 채 살아가는 꽃! 손

잡아 줄 꽃이 있다는 것, 마음보일 꽃이 있다는 것, 그 만으로도 우린 행복하지 않을까요? 별이 있다는 것, 바람이 있다는 것, 함께 해주는 벗이 있다는 것! 내려놓기! 내려놓기! 내려놓고 마음에서 자유로워지기!

어머니 2

새벽녘 어머닐 만났다.

"울지 말고 살아래이. 그리고 장 담가 놓은 두 번째 장독대에 돈 넣어놓았대이."

살아서도 그렇더니 돌아가신 지 12년이 지났어도 어머닌 변함이 없었다.

"또 하늘 보나?"

"응, 엄마. 근데 엄마 구름은 어떻게 하늘에 떠있어?"

"구름은 본래 떠있는 거다."

"나도 구름처럼 날고 싶어. 그럼 엄마, 앞산 너머도 볼 수 있잖아."

"록이 하늘 날면 앞산 너머로 가서 갈면리도 보고 와래이."

"갈면리? 갈면리가 어딘데?"

"외할머니 계신 곳"

소 대신 어깨에 걸었던 멍에, 돌부리에 걸릴 때마다 휘청이던 몸, 나는 괜찮다, 힘 안 든다. 입에 달고 사셨던 말, 돌이킬 수 없는 것이지만 다시 태어날 수 있다면 그때도 어머니, 내 어머니로 살아가심을 받아들이실까.

시래깃국 먹기 싫다며 세 시간 가출했다가 돌아왔을 때 퉁퉁 부은 얼굴로 어머니 미안하다 하셨었지. 주고 싶어도 줄 수 없는 마음만큼 아픈 것은 없다. 돌아보면 아프기에, 한 번뿐인 삶이기에, 눈물이 아닌 미소 지며 떠나야 할 삶이기에, 우린 그렇게 더 해주지 못함에 아파하며 살아야 하는 것이다.

어머니 3

제가 일곱 살 때 할아버지가 돌아가셨지요. 할아버진 일본의 강제 식민지 때 북간도로 징용을 가셨던 것으로 압니다. 어릴 적 기억이지만 집엔 아기를 업는 포대기가 두 개 있었는데 하나는 깨끗하고 하나는 낡은 것이었습니다. 낡은 것은 여동생의 것이었고 깨끗한 것은 아들인 저의 몫이었지요. 할아버진 키가 크고 수염이 길었었는데 할아버지의 등에 업혀 동구 밖을 내다보던 것이 생각이 납니다. 돌아가시기 전엔 일어나지 못하시고 꽤 오랜 시간을 누워만 지내셨지요. 대변은 어머니의 몫이었지만 소변은 아이들의 몫이었습니다. 야들아! 하고 부르는 소리가 들릴 땐 특히 저와 다섯 살 터울의 형이 달리기 시합을 벌였습니다. 빈 깡통을 먼저 찾아 들고 가는 것이었지요. 그러면 할아버진 머리맡에서 20원 짜리 과자를 한 봉지씩 주곤 했었습니다. 일곱 살 때 돌아가셨다고 했으니 제가 아주 어릴 적이었지요. 그래도 제 기억에는 형과의 경합에서 거의 이겼던 것으로 압니다. 그런 기억은 없지만 제가 졌다면 형이 과자를 줄 때까지 쉬지 않고 울었을 것입니다.

아주 가끔씩 엿장수 아저씨가 지게에 엿을 지고 동네를 찾아오곤 했습니다. 엿과 바꿀 수 있는 것은 빈 병이나 쇠뭉치 또는 고무 종류였습니다. 구멍이 난 냄비나 떨어진 고무신, 다 먹고 난 빈 술병 등이 그것이었지요. 엿장수 아저씨가 오는 날엔 동네 아이들 모두가 모여 시간을 보냈습니다. 엿장수가 1분에 가위질을 몇 번 하는지 아시는지요? 어렵게 생각지는 마십시오. 엿장수 마음이니까요. 엿장수 아저씨가 동네를 찾았던 날, 아래에 살던 친구들이 엿을 먹는 모습이 보였습니다. 저는 엿과 바꿀 물건을 찾아 헤매 다녔지만 쉽사리 찾을 수 없었지요. 그런 나의 눈에 나타난 것이 하나 있었는데 바로 할아버지가 신던 고무신이었습니다. 모두 검정 고무신이었지만 할아버지만큼은 하얀 고무신을 신으셨죠. 저는 그 고무신을 들고 엿장수 아저씨께로 갔습니다.

"엿 바까 주이소!"

어머니는 저 대신 야단을 맞으셨습니다.

친구에게 100원을 빌려 과자를 사먹은 후 하루가 지날 때마다 100원씩 이자를 붙이는 친구의 성화에 못 이겨 태어나 첨이자 마지막으로 했던 초등학교 2학년 때의 도둑질, 아버지의 가방에서 10000원을 꺼내어 주머니에 넣어놓았던 저녁, 9300원 받아서 넣어놓으면 된다고 생각했던 아이의 마음, 어머니가 저를 불렀습니다.

"니가 그랬나?"

"아니! 내가 안 그랬는데."

하지만 어머닌 이미 제 얼굴에서 제가 범인임을 아셨지요.

"왜 그랬노?"

"5학년 올라가서 수학여행 가면 쓸라고."

차마 친구에게 빌린 돈과 그 이자 700원 때문이라고는 말하지 못했습니다. 친구에게 돈 빌려 과자를 사먹었다고 하면 어머니 마음 아플까 둘러댔던 거짓 없는 제 마음이기도 했습니다. 어머닌 아버지께 당신이 실수로 그랬다고, 깜빡했다고 말했지요. 아버진 큰 소리를 호통을 치셨고 저는 옆방에서 소리죽여 울었습니다.

할아버지의 고무신을 엿과 바꿔 먹었던 날도 어머닌 저 대신 야단을 맞으셨지만 눈물로 범벅이 된 나를 향해 다가오시며 어머니 환히 웃으셨지요. 그리고 말씀하셨습니다.

"괜찮다. 나는 괜찮다."

참외를 봐도 어머니 생각이 납니다. 밭이랑만 봐도 어머니가 생각납니다. 봄이면 언제나 풋풋한 상추 냄새가 났었는데 어머니 가신 후 그 냄새도 함께 사라지고 말았지요. 할미꽃이 피면 어머니를 볼 수 있는데 엄마! 하고 부를 수 있는데, 올 해도 어머니, 할미꽃 되어 찾아주실지…….

어머니 4

정확히 기억나지는 않는다. 연년생이든 여동생이 죽고 난 후의 일이니 1983년쯤이 되지 않을까 생각이 든다. 배씨 집안이 모여 사는 동네에서 촌수는 나이보다 앞 선 것이었다. 사촌 오촌도 아니고 열촌이 넘어가는 사이가 대부분이었지만 할아버지의 할아버지로 올라가다가 보면 얼마 안가 한 집안이 되는 까닭이었다.

어머니가 새끼 고양이 한 마리를 춘환 할아버지네 집에서 데려온 것은 여러 이유가 있었는데 그 중 하나는 키워서 쥐를 잡게 하기 위한 것이었다. 당시엔 쥐가 많아 밤이면 천장을 기어 다니는 쥐의 움직임 소리가 그칠 줄을 몰랐었다. 쥐를 잡는 유일한 방법은 덫을 놓은 것이었는데 집 주변 곳곳에 놓아둔 덫에선 아침이면 어김없이 쥐가 한두 마리씩 잡혀 있곤 했었다. 바꿔 생각해보면 쥐도 그 나름의 방식을 가지고 살아가는 하나의 동물일 테지만 한 알의 쌀도 소중했던 그때 쥐는 퇴치해야할 짐승에 지나지 않았다.

하지만 어머니가 고양이를 얻어온 것은 쥐 때문만은 아니었다. 그것은 나 스스로가 어른이 되었을 때, 어른이라기 보단 아이의 아빠가 되고 나서야 알게 된 것이었다. 어머니가 고양이를 얻어온 것은 쥐 때문만이 아니라 먼저 보낸 딸, 내 여동생 때문이었다는 것을…….

어머닌 고양이의 목에 빨간 천으로 리본을 만들어 걸어두고 밥 때가 되어 가족이 모여 밥을 먹을 땐 귀한 밥을 그릇 가득 퍼서 고양이에게 주었었다. 새끼고양이는 사람과 함께 밥을 먹었고 사람처럼 어머니가 만들어준 작은 이불 위에서 잠을 잤다. 이불 위에 싸놓은 똥을 치우고 비워놓은 밥그릇을 닦고 마치 자식 대하듯 했던 어머니. 어머닌 고양이의 재롱을 보며 떠나보낸 아이를 생각했던 것이었다.

고양이를 데려온 후 춘환 할아버지 댁에 있던 어미고양이는 매일 밤 우리 집을 찾아왔다. 뒷문 밖에서 야옹하고 울면 어머닌 소리를 듣고 문을 열어주었었다. 어미고양이는 명절이 되어 고등어를 구워도 꼼짝 않고 앉아있던 순둥이였다. 나는 어미고양이의 부드러운 털이 좋았었다. 새끼고양이의 털은 짧고 윤기가 없었지만 어미고양이의 털은 부드럽기 그지없었다.

어미고양인 새끼를 데려온 지 한 달쯤 지났을 무렵부터 쥐를 물고 오기 시작했다. 고등어를 옆에 두고도 울지 않는 것처럼 어미고양인 잡아온 쥐를 새끼가 다 먹고 일어날 때까지 꼼짝하지 않고 지켜보고만 있었다. 새끼는 한 마리를 다 먹지 못했었다. 다 먹지 못 했다기보다는 먹지 못하는 부분이 있었다는 말이 맞는 표현일 것이다. 새끼

고양이는 껍질과 머리는 꼭 남겨두었고 남긴 것들은 어미고양이의 몫이었다. 그렇게 이어진 어미고양이의 방문은 그로부터 몇 달 후 벌목하던 사람들에게 잡힐 때까지 이어졌었다.

당시 나라에선 일반인이 국유림에서 나무 하나 베는 것도 감시를 하던 시절이었다. 수시로 감시원이 동네를 찾아 와서 확인을 하고 가던 때였지만 울창한 숲이 있는 곳에는 어김없이 정부로부터 허가를 받고 벌목을 하던 사람들이 있었다. 고된 노동일에 지친 사람들은 고양이에게 해를 끼치면 자식이 불행해진다는 미신과 고양이고기가 뼈에 좋다는 속설 속에서 후자를 택하곤 했었다. 왜 어미고양이가 그곳까지 간 것인지는 알 수 없었다. 그러나 확실한 건 추측이 아닌 사람의 입을 통해 들은 이야기는 그곳에서 우리 집에서 키우던 새끼고양이의 어미고양이가 잡혀 먹혔다는 것이었다.

새끼고양이는 하루가 다르게 자라 어느 순간 목에 감아놓은 빨간 리본이 작아질 만큼 자라있었다. 어른고양이만큼 자란 고양이는 집 안보다는 밖에서 활동하는 시간이 많았고 밤으론 쥐를 쫓아가는 녀석의 빠른 걸음소릴 들으며 잠이 들기도 했다.

하지만 어머닌 스스로 쥐를 잡을 만큼 자란 고양이를 향해 변함없는 애정을 보였었다. 배부르면 쥐를 잡지 않는다는 아버지의 말씀에도 꼭 고양이가 먹던 밥그릇에 밥을 퍼서 마루에 놓아두는 것이었다.

밥에는 우리가 먹던 국도 함께 얹어져 있었다. 고양이는 그 밥을 남기는 법이 없었다. 보이지 않다가도 어디선가 어슬렁거리며 다가와 밥을 먹었고 밥을 먹고 나면 또 자리를 뜨며 집 주위로 사라지는 것이었다. 어머니가 밥을 주었지만 쥐를 쫓는 고양이의 발자국소리와 울음소리는 끊이지 않았었다.

그 뒤 우리 집 고양이는 동네에서 유명 인사가 되어 있었다. 이유는 산토끼를 잡아 어머니 앞에 가지고 왔기 때문이었다. 왜 먹지 않고 가지고 왔는지는 지금도 알 수 없는 일이지만 어머니가 밥을 주며 키운 우리 집 고양이는 그렇게 토끼를 잡아 어머니 앞에 내려놓았었다. 어미고양이를 닮아 순했던 고양이, 시끄럽게 울지도 않고 눈만 껌뻑이던 고양이, 우리 집 고양이는 그 후로도 두 번이나 더 토끼를 잡아 왔고 우린 그것으로 탕을 끓여 온 가족이 배불리 먹었었다.

우리 집 고양이는 어미가 그랬듯 잡아온 토끼의 껍질을 벗기고 속살을 발리는 동안 꼼짝 않고 앉아있었다. 또 우리 집 고양이는 어미고양이가 그랬듯 사람이 먹지 못하는 껍질을 깨끗이 먹어치웠다. 새끼고양이는 어미고양이가 되었고 사람이 새끼고양이가 되었다.

그 해 겨울과 다음 해 여름을 함께 보냈던, 순하고 착했던 수코양이 우리 집 고양이는 가을이 되자 모습이 사라지고 없었다. 쥐를 쫓는 발자국소리도 들리지 않았고 집 주위를 돌며 간혹 내던 울음소리도 들리지 않았다. 남김없이 밥그릇을 비우던 고양이가 맛난 멸치국을 비빈 밥을 담아놓아도 오지를 않았다.

학교 가는 길에 만난 친구가 나에게 말을 했다.

"너 집 고양이 삼판하는 사람들이 잡아먹었다 그러데."

빨간 리본을 달고 재롱을 피우던, 머리와 껍질은 남기고 속살만 먹던, 나비야! 하고 부르면 야옹하며 다가와 몸을 비비던 우리 집 고양이, 어미를 닮아 순하고 착했던, 받은 사랑 잊지 않고 어머니 앞에 잡은 토끼를 물고오던 우리 집 고양이는 어미고양이처럼 벌목하던 사람들에게 잡혀 죽었다.

어머니 그 사실을 알고도 다음 날도 그 다음 날도 밥그릇에 밥을 담아 놓고 있었다. 마루에 앉아 내다보던 동구 밖, 금방이라도 엄마 하며 쫒아 올 것만 같은 곳……. 얼굴이 붉어지며 거친 손등으로 눈가를 닦으며 뒤 안으로 가시던 어머니……. 노을이 서쪽 하늘에 물들고 있었다.

어머니 5

내가 어린 시절을 보낸 곳은 경상북도 북부지방의 산간오지마을이었다. 초등학교까지의 거리만도 15리가 넘었는데 그 길마저도 등산로와 같은 길이었다. 산을 넘기를 반복하며 이어지는 길, 여름이면 강을 따라 걸으며 다니기도 했는데 집까지 오려면 강을 네 번을 건너야 했다. 산길도 강 옆으로 이어진 곳이 있어 여름에 장마가 지거나 겨울철 눈이 많이 오면 학교에 가지 못하는 일도 많았다. 물론 그렇다고 결석처리가 되는 것은 아니었다. 그것이 산골아이들이 누리는 특권이었다.

일찍 집을 나서서 먼 길을 걸어야 했기에 두 시간 수업만 마쳐도 배가 고파 참을성 없는 아이들은 그때 이미 도시락을 다 먹기도 했었다. 도시락 뚜껑을 열 때마다 풍겨나오던 냄새는 30년이 지난 지금도 잊히질 않는다. 보리밥 한편에 막장에 무친 달래나물, 장아찌, 마늘종이 1년 내내 싸다녔던 반찬이었다. 한 번도 빠지지 않고 보리밥까지 점령해 들어왔던 막장의 힘……. 어린 시절을 떠올리며 도시락 얘기를 하는 것은 어린 시절 하면 떠오르는 음식이 있기 때문이다.

담배와 고추가 주 작물이었던 시골에서 빠짐없이 밭 한 자리를 차지했던 것은 배추와 무였다. 물론 상추며 파, 부추, 마늘, 오이, 가지, 감자, 고구마 등 식생활에 필요한 것은 모두 그렇게 밭에 심었지만 중요성이나 비중에서 배추와 무만큼 되는 것은 없었다. 내 어머니의 김치에는 특이한 점이 있었다. 고춧가루를 아끼지 않는다는 것과 배추김치 중 일부에는 꼭 생선을 잘라 넣는다는 것이었다. 무김치는 썰지 않고 통째로 양념에 버무려 담갔는데 그것을 반으로 갈라 숟가락 뒤쪽에 꼽아 먹으면 큰 밥그릇 하나가 뚝딱이었다. 무김치를 담고 난 줄기는 새끼줄에 엮어 처마 밑에서 말렸는데 말려진 그 시래기가 겨울 내내 올라오는 국 재료였다. 그럴 수밖에 없었던 것이 그것 빼고는 달리 할 국거리가 없었다. 어쩌다 가끔 장에 가서 사 오신 양미리에 무를 잘라 넣고 끓인 국도 있었지만 시골에선 그 양미리조차도 쉽게 먹을 수 있는 반찬이 되지 못했다. 15cm 남짓한 크기의 멸치처럼 생긴 양미리는 구워먹어도 맛있지만 몇 마리 넣고 무와 함께 끓여먹는 맛이 제일이었다. 하지만 각자에게 돌아오는 양미리는 몇 토막 되지 않았다.

초등학교를 졸업할 때까지 변치 않고 이어져 온 겨울철 국거리인 시래깃국, 중학교에 입학하며 교통이 불편해 50리 떨어진 면소재지에 방을 얻어 자취를 했을 때도 일주일에 한 번씩 집에 갈 때면 또 어김없이 시래깃국은 올라왔었다. 자취라고 할 것도 없었다. 전기밥

솥 하나에 전기쿠커, 밥그릇 하나, 국그릇 하나, 수저 세트가 하나 뿐인 살림이었다. 그때도 머리를 쓴 것이 있는데 밥을 먹고 나면 밥그릇을 그대로 엎어 놓는 것이었다. 그럼 먼지가 들어가지 않아 다음에도 사용할 수 있었다. 게으르다고 할 수도 있겠지만 요즘 원룸과 같은 방과는 거리가 먼, 시골집에 방 하나를 빌려주는 것에 불과했다. 바깥에 있는 수도를 공동으로 썼는데 겨울철에 밖에서 찬물로 설거지를 한다는 것이 그리 쉬운 게 아니었다. 한 달 용돈이 2000원이었다. 양파 한 자루가 500원, 자장면 한 그릇이 600원 할 때였다. 정확한 기억은 아니지만 종점까지의 차비가 150원 남짓 했던 걸로 기억이 된다. 그 돈으로 살 수 있는 반찬은 별로 없었다. 어머니가 밑반찬을 준비해주었지만 냉장고가 없어 오래 보관할 수도 없고 그렇다고 매일 김치만 먹으며 살 수도 없었다.

여름철엔 덜했지만 겨울이 되면 달라지지 않고 오르는 국, 중 3 겨울방학이 되었을 때 결국 나는 어머니에게 투정을 부리고는 가출을 하게 되었다. 지금 생각하면 참 철없고 한심한 행동이었지만 그때는 그것이 정당한 줄 알았다. 자식이라는 특권을 누리고 싶다는 생각이 아니었을까 한다.

"반찬이 이것 밖에 없는가? 내가 지금 먹고 싶은 게 얼마나 많을 땐데 허구한 날 시래깃국인고?"

그렇게 말하고는 수저를 놓고 집을 나가 버렸다. 정말 시래깃국이 먹기 싫었었다. 지겹고 역겹기까지 했다. 하지만 나의 가출은 세 시간을 넘기지 못했다. 세 시간의 가출을 마치고 집으로 돌아가 방에 들어섰을 때 어머니의 눈은 퉁퉁 부어있었고 얼굴은 붉게 물들어 있었다. 무릎 꿇고 용서 구하던 내게 하시던 어머니의 말씀이 아직도 귀에 아른거린다. 몇 토막 되지 않는 양미리에 혹여 누가 먹을까 고개 돌리며 그릇 감추며 한 토막 한 토막 아껴먹던 시절, 어머니의 그릇엔 그 조차도 없었었다. 이젠 불러도 대답 없는 곳으로 떠나신 어머니, 나무 등걸 같은 손 내밀어 내 볼 잡으며 그렇게 하염없이 하셨던 말, 미안하다, 미안하다, 엄마가 미안하다.

엄마냄새

#1

"할매, 나는 왜 엄마가 없니껴?"

작년 소풍 때 친구들에게 놀림 받고 울던 초록이가 미자에게 물었다.

"니가 왜 엄마가 없노? 있다."

"어디 있는데요?"

"니 엄만 니 옆에 있다. 항상 니 옆에서 니를 보고 지켜주고 있다. 얼마나 이쁘고 착한 사람인지 아나! 세상에서 니 엄마만큼 이쁜 사람은 없다."

"근데 할매, 왜 내한테는 안 나타나니껴? 맨날 내 옆에서 보고 있다면서 왜 한 번도 안 오는 거니껴?"

"엄만, 니가 씩씩하게 자라기를 바래서 그러는 게다. 남자답게 씩씩하게 커라고…… 니가 씩씩하게 커서 어른이 되면 꼭 니 앞에 나나날 게다."

하지만 초록인 고갤 돌리며 말했다.

"할매, 거짓말인 거 아니더. 엄마 죽었다는 거 아니더."

"만지지 못한다고 없는 게 아니다. 죽었다고 없는 게 아니다. 그럼 마음속에 있는 사람은 누구고?"

"난 엄마 얼굴을 모르니더. 근데 어떻게 마음속에 엄마가 있을 수 있니껴?"

"엄마가 없으면 사람은 세상에 태어날 수도 없는 기라. 엄마 얼굴 모른다고 했지만 많이 보고 싶어 눈물이 나거든 엄마를 불러봐라. 본 적은 없어도 니 마음속에 엄마 모습이 그려질게다. 그게 니 엄마 모습이다."

#2

몇 시가 되었는지 모른다.

재문이 문을 열고 들어와 송이를 깨우던 시간이……. 잠이 들깬 초록이에게 옷을 입혀 등에 업었다. 남은 짐을 받아든 재문, 재선에게 간다는 말도 않고 현관문을 열고 나갔다. 재문이 그렇게 화나 있는 모습을 송이는 본 적이 없었다. 날이 새지 않았다. 다리를 타고 올라오는 한기가 몸을 떨게 했다.

'초록이 할매가 니 옷 사라고 돈 줬다고 하더니 니 옷은 하나도 안 샀나? 니가 초록이 엄마라도 되나? 힘들지 않나? 니 작은 아부지가 뭐라 했는지 아나? 니를 벙어리한테 시집보내란다. 부잣집인데 논도 주고 돈도 준다면서 그리 보내란다. 돈 받고 니를 팔란다. 그러고도 그 놈이 내 동생이고 니 작은 아부지가?'

#3

하늘의 별이 유난히 밝게 빛나던 밤, 초록이를 업은 송이의 눈이 밤하늘을 향하고 있었다.

"초록아."

"응?"

"니는 하늘의 별이 왜 반짝이는지 아나?"

"……"

"그건 말이다. 그리워하는 마음이 담겨있기 때문이다. 그 마음이 간절할수록 더 밝게 빛나고 반짝여 아무리 멀리 떨어져있어도 찾을 수 있다는 거야. 초록이의 마음도 그렇게 빛나면 엄마가 그 빛을 보고 찾아오실 거야."

"저 하늘만큼 멀리 떨어져있어도?"

송이가 대답했다.

"어. 저 하늘을 갔다가 다시 돌아오는 거리라 해도……."

#4

송이가 가게에서 제일 큰 비행기를 하나 들고는 초록이에게 다가갔다.

"이거 어떻노?"

"멋있다, 근데 누나 조심해라. 떨어뜨리면 큰일 난다."

송이가 초록이의 손에 비행기를 쥐어주며 말했다.

"좋나?"

무릎을 굽혀 자기를 보고 있는 송이를 향해 초록이 대답했다.

"어, 여기서 제일 멋지다. 이 비행기는 싸우는 비행기가 아니잖나. 사람을 태우고 구경시켜주는 비행기, 그 비행기 맞잖나?"

송이가 고개를 끄덕였다.

"나도 이거 타고 여행하고 싶다. 하늘 높이 떠서……."

두 팔로 비행기를 안고 있는 초록이의 손을 감싸며 송이가 말했다.

"이거 누나가 사줄게. 할매가 니 맛있는 거 사주라고 돈 주셨다. 많이…… 그러니까 이건 할매 대신 내가 사주는 기라. 알겠나?"

"할매가?"

송이가 고갤 끄덕였다.

"할매도 돈 없을 텐데."

"니는 그런 생각은 안 해도 된다. 다만 누군가가 해주고 싶어 할 땐 그 마음을 받아주는 게 좋은 기라. 그걸 거절하면 얼마나 마음 아프지 아나?"

동네아이들이 영민의 장난감을 부러워하며 구경하려할 때 따돌림 받으며 지내던 초록인 찰흙을 가지고 아낙네의 모습을 만들며 놀았다. 장난감이 가지고 싶다고 보채지도 않았고 과자가 먹고 싶다고 보채지도 않았으며 새 옷 사달라고 새 신발 사달라고 보채지도 않았다. 초록이에겐 응석을 부릴 엄마가 없었다.

"비행기 좋제? 멋지제?"

초록이 떨리는 음성으로 고개를 크게 끄덕이며 말했다.

"좋다. 참말로 좋다, 고맙다 누나!"

"누나한테는 고맙다고 안 해도 된다."

초록이 두 팔을 뻗어 송이의 목을 안았다. 그리고 또 말했다.

"그래도 고맙다."

#5

고구마 껍질이 까맣게 변하며 김이 나고 있었다. 불이 사그라지면서 한기가 느껴졌다. 초록이 송이 앞으로 가서 등을 돌리며 앉았다.

"춥제?"

"볼때기가 시럽다."

"보자, 누나가 따뜻하게 해줄게."

송이는 꺼져가는 숯불 가까이 손을 펴서 데운 다음 초록이의 볼에 대고 비벼댔다.

"볼때기 시릴 때는 이게 제일 좋은 방법이다."

"살살해라 껍데기 벗겨지겠다. 아무래도 오늘은 참새를 못 잡을 모양이다. 벌써 해가 저만큼 넘어갔다."

"그래도 안 재미있나? 내일 또 올까?"

초록인 기분이 좋았다. 송이가 껍질을 벗겨주는 고구마도 맛있고 감자도 맛있었다. 송인 잘 익은 부분은 초록이에게만 주고 자신은 초록이가 먹길 기다렸다가 끄트머리 부분만 먹고 있었다. 밤새 내린 눈은 세상을 온통 하얗게 만들어 놓았다. 논도 밭도 강도 계곡도 온통 하얀 세상이었다.

"누나?"

"어?"

"누나한테서 나는 냄새 말이다. 전에 땀 냄새라고 했는데, 지금은 땀도 안 나는데……."

#6

"영민이란 아이를 살려낸 거네요."

나는 할아버지의 이야기를 듣다가 궁금함을 참지 못해 물었다. 할아버진 한참 말없이 문밖을 보시더니 말을 이었다.

"살렸지. 어른은 무거워서 얼음이 깨졌지만 열 살 된 아이는 괜찮았던 거야. 영민이는 거기에서도 숨구멍에 빠졌던 거고……. 초록인 약한 얼음 위에서 엎드려 행동할 만큼 영리한 아이였네."

"다행이네요. 영민이 아버진 그 후 초록일 미워하지 않았겠어요."

"그렇지, 미워하지 않았지. 아니 미워할 수 없었어."

"그게 무슨 말씀이세요?

"죽었거든."

"……"

"영민이를 끌어내어 얼음 위에 눕히자 찌찌거리며 얼음 갈라지는 소리가 났어. 초록인 자기가 입고 있던 새 옷을 덮어주었네. 모자도 벗어 씌어주고 장갑도 벗어 끼워줬어. 두 손으로 볼을 비벼주기도 하고……. 그것은 송이가 해준 방법이었네. 초록인 생각했네. 둘이 같이 가다가는 또 빠질지 모른다고……. 그래서 마을 청년이 밧줄을 가지고 와서 던질 때까지 기다렸네. 그리고 잠시 뒤 던져진 밧줄을 영민의 몸에 묶었지. 물에 빠진다 해도 살 수 있게 된 거야. 그제야 초록이는 강가에서 울고 있는 송이를 보며 미소를 지어보였어. 그리고 손을 흔들어 주었네. 자신이 영민이를 살렸다고……. 하지만 말이네 그 순간 얼음이 깨지며 물속으로 빨려 들어가고 말았다네."

"못 살린 건가요?"

할아버진 깊은 한 숨을 내쉬었다.

#7

송이가 숨넘어갈 듯 소리를 지르며 뛰었다. 하지만 재문이 쫓아오며 팔을 잡았다.

"안 된다 송이야."

"아부지, 놓으이소! 자가 저기 가니더!"

"……"

"돌아와 초록아! 빨리 돌아와!"

하지만 초록인 영민이를 향해 걸어가기만 했다. 바위를 잡고 버티던 상도가 초록이를 보며 소리쳤다.

"미쳤어? 새끼야. 어서 안돌아가? 빠지면 죽는다고 새끼야!"

초록인 아무 말이 없었다. 상도가 다시 소리쳤다.

"저기 전봇대까지 뛰어! 빨갱이새끼야!"

초록인 한 발짝씩 영민이를 향해 걸을 뿐이었다. 그리고 잠시 뒤 자신의 아들 옆으로 다가가 얼음위에 배를 붙이며 눕는 초록이가 보였다. 빨갱이라 놀리던 초록이의 체온이 영민이의 손끝에 느껴졌다. 그리고 들었다. 자신을 부르는 초록이의 목소리를

"내 손 꼭 잡아, 영민아."

#8

'멋지다. 초록이 너무 멋지다.'

'누나한테서 좋은 냄새가 난다. 아나?'

'간지러워 자꾸 꼼지락 할래?'

가슴을 파고들고 있는 초록이의 모습이 보인다.

'니 엄마한테 약속했다. 내가 지켜준다고……. 근데 니가 없으면 내가 살아본 들 뭐 하노. 니를 지켜주지 못했는데……. 아나 초록아? 내 손에 끼워진 반지 니 엄마 거라는 거……. 오늘 묶고 온 머리끈 니 엄마가 주신 거라는 거……. 버텨야해. 지면 안 돼. 니한테 해주지 못한 것이 너무 많잖아. 대학교 가는 것도 봐야하고 예쁜 색시 만나 결혼하는 모습도 봐야 하잖아. 누나가 갈 때까지 기다려. 내가 니 손을 잡을 때까지 꼭 기다리고 있어야 해. 니가 물었지. 내한테서 좋은 냄새가 난다고, 무슨 냄새냐고, 그건 말이다 초록아……'

바람은 좋겠다

봄

껍질 깨고 나오는 것이 새뿐일까
아픔이 있는 것도 사람만은 아니리라

선홍빛 가을물 품고 누운 채
칼바람 속에서도 버티어낸 너

철새 떼 산을 넘어 돌아오던 날
너의 깨남 소리 개울을 적시었다

만년필

사람들이 핸드폰 자랑을 할 때
나는 파란색 뚜껑보단
빨간색 뚜껑의 소주가 더 맛있다고 했다.
운동화 상표를 가지고 떠들어도
그것은 딴 나라의 얘기
닦기만 해도 깨끗해지는 고무신이 최고였다.

드라마 얘길 하며 웃음꽃을 피워도
내 방엔 TV가 없으니 끼일 수도 없는 노릇

용기 내어 애햄 하며 웃고 나서는
큰맘 먹고 구입한 만년필을 내보이며
이것 보시오 이거 어디 거요 하고 자랑을 했는데
먹만 나오면 되지 뭣 하러 비싼 걸 샀냐며 핀잔을 준다.
듣고 보니 맞는 말이라 주머니에 도로 넣으며 입을 다물었다.

깊은 밤 자리에서 일어나 다시 찾아본 주머니 속

빨간색 뚜껑

하얀 고무신

……

초승달이 내 얼굴에 내렸다.

기린에게 쓰는 편지

태어나 일어서며 높이 고개를 드는 짐승
어떻게 알았을까?
평생을 누울 수 없는 일어섬의 삶이란 걸
어미의 사랑 속에 꿋꿋이 자라 그 만큼의 어른이 되었을 때
그땐 너에게도 너를 닮은 새끼가 있었다.

산다는 것은 냉혹한 현실
매서운 눈 번뜩이며 기회를 노리는 사냥꾼들
뜬 눈으로 밤을 새우며 새끼를 지켜내던 너는
어느 깊은 밤 그들과 싸웠다.
젖을 빨던 새끼를 지켜내려 발버둥을 쳤지만
끝내 지켜내지 못하고 떠나보낸 너

너의 울음소리가 밤하늘을 울렸고
하늘도 슬퍼 비를 내렸다.

그날 밤 입은 상처에선 고름이 나고 살이 썩어가고

새끼를 죽인 사냥꾼들은 또 너를 호시탐탐 노리고 있었다.
누우면 일어서기 힘든 몸
잠시만이라도 누워 쉴 수 있다면 얼마나 좋을까?
한 쪽 다리를 쓰지 못한 채
절뚝이며 도망을 치던 너는
사흘째 되던 밤 새끼가 그랬듯 그렇게 쓰러지고 말았다.
살과 가죽이 발라지고 뼈가 어스러지고
한 번도 땅을 놓지 않았던 발굽이 남아 그것이 너였음을 말해주고 있었다.

목이 길어 멀리 보아도
넘어지면 일어서기 힘든 짐승아
차라리 짧은 목의 짐승으로 태어나고
땅 속 작은 벌레로 태어나지
무엇을 보겠다고 제 몸 보다 더 긴 목을 가지고 태어났니?

다음 세상에선 목긴 짐승으로 태어나지 마라.
나무 위가 아니어도 멀리 보지 않아도
키 작은 수풀과 날아다니는 벌들의 날갯짓은 아름다움이니
일어서지 못해 서서 잠들어야 하는 그 모습으로는 태어나지 마라.
들꽃을 쓸고 가는 바람으로 태어나고
하늘 날며 노래하는 종달새로 태어나라.

목긴 짐승으로 태어나지 마라.

높은 곳만이 좋은 것이 아니니 누워 자도 걱정이 없는 평범함으로 태어나라.

하지만 짐승아

높은 곳에 올라서면 목부터 젖혀지는 두 발 짐승으론 태어나지 마라.

혼자만이 잘난 척 으스대는 거만함이 되지 말고

죽을 때에야 빈손임을 알게 되는 어리석음이 되지 마라.

짐승아

짐승아

키 큰 짐승아

죽어서야 새끼를 품에 안고 누운

……

너, 기린아.

저수지에서

하늘로 낚싯줄을 던진다.
나에게 걸릴 녀석이 있을까만
솜사탕 하나라도 건져낼 수 있다면
미끼도 끼우지 못 하면서
낚싯줄을 던지었지.

큰 비늘 번쩍이며 일렁이는 호수
쓰리도록 일렁여야
미늘 없는 낚싯줄로 물고기를 잡는다고

낚싯줄을 던진다.
제 몸보다 큰 망태기 들고
사람들은 오늘도 낚싯줄을 던진다.

엄마의 선물 (이소현 선생님께)

아침부터 비 내린 날 저녁
택배아저씨 큰 상자 하날 들고 왔지.
무거운 무게에 책인 줄 알았는데
열어본 상자 속엔 어린 시절의 추억 하나

올해는 고모 네도 용인의 큰딸 네도
절이고 버무리며
땅 속 항아리 세 갤 채우시던 어머니

아침부터 비 내렸던 다음날 새벽
김치 찢어 건네시던 어머니를 만났지.
김이 나는 고봉밥 밥상 위에 올려놓고
어여 먹으라며 손짓하던 어머니를

바람은 좋겠다

바람은 좋겠다

소리 내 울어도 바람소리라 하잖아

슬픔이 깊어 그렇게 부르는지는 몰라

만질 수도

안을 수도

머물 수도 없는 몸이니까

그래도 바람은 좋은 거야

갈숲에서 통곡해도 바람소리라 말하잖아

은희에게

30년이 더 지났네.

너는 글짓기를 잘 했고 나는 그림을 좀 그렸지. 군 예술대회가 있을 땐 그렇게 둘이서 출전하곤 했다. 옆에 앉아 곰곰이 생각하다 나를 보며

"와! 물놀이 하는 모습이네!"

배꼼이 고개 내밀고 보던 네 모습과 볼에 생기던 보조개를 지금도 기억한단다. 기억하니? 어머니가 쑥떡을 싸준 적이 있었는데 잘라놓은 떡의 수가 많은 줄 알고 친구들에게 말했었어.

"이거 먹어! 하나씩 가져가서 먹어!"

근데 말이야, 친구들이 하나씩 가져가고 마지막 아이가 내 앞에 섰을 때 떡이 다 사라졌던 거야. 기억하지! 입술 실룩이다가 소리 내어 울어버린 나를! 보리밥만 싸다니다가 떡을 싸간 날인데! 부끄러운 것도 잊고 책상에 앉아 도시락을 보며 엉엉 울고 있을 때 네가 다가오며 그랬었어.

"정록아, 이거 먹어. 이 떡 먹어."

가져갔던 떡을 먹지 않고 도로 주었던 너! 남자애들이 고무줄 끊으

며 괴롭힌다고 내 옆에서만 있던 너는 아버지 돌아가시던 4학년 때 부산으로 이사를 갔다.

그런 네가 고등학교 3학년 여름방학 때 영양까지 왔었어. 기억하지? 밤새 강가에서 불 피워놓고 얘기 나누었던 일. 그때 넌 내게 이런 말을 했단다.

"추억은 추억으로 묻어둘 때 예쁠지 몰라."

그런 너를 보며 내가 그랬었지.

"그래, 간직하며 살 수 있다는 건 행복일 거야."

그게 우리의 마지막이야. 하지만 나는 아직도 네가 입고 다녔던 분홍빛 원피스, 부산시 동래구 거제3동 5**-*번지, 이사 가기 전날 안녕 하고 손 흔들던 너의 슬픈 모습이 또렷이 기억난단다. 이성적인 사랑의 감정과는 너무도 거리가 먼 그리움, 그렇게 가끔 네가 그리울 때가 있어.

"은희야, 그때 떡 도로 받아먹어서 미안해. 반으로 나누어 먹지 않고 내가 다 먹어서 미안해. 괜히 네 밥만 축내어 또 미안해. 아름다운 모습으로 남아있는 친구! 열한 살 소녀의 모습으로 영원히 내 가슴에 있을 친구! 하늘이 한 번쯤 뒤집히는 날, 나는 하늘을 날아 구름 위에 앉아 시를 쓸 거야. 그때 우리 만나자. 그런데 나를 알아볼 수 있을까! 생각해보니 혼자 늙어서 또 미안! 행복하길! 건강하길! 마음이 평화롭길! 부디 이승에서의 삶이 아름다운 소풍이 되길"

볼 수 있어야, 만질 수 있어야, 행복한 것이 아니다. 나의 기억에 너의 기억에 우리의 기억에…….

내 친구

코스모스 오솔길 내 고향 길
연분홍 치마 입은 소녀 있었지.
한들한들 꽃잎 속을 오가던 소녀
하얀 양말 빨간 구두 춤추던 꽃

오솔길 사라진 내 고향 길
전쟁 역사 기억하는 키 큰 소나무
아지랑이 피어나는 소나무 아래로
그리워서 찾아왔네 내 친구야

하얀 양말 빨간 구두 연분홍 치마
소녀야, 소녀야 날 알아보겠니?

은희에게 2

잘 지내고 있니?
힘든 일은 없니?
아픈 데는 없고
걱정거린 없니?

살다가 힘들거든
하늘 한 번 보고 웃어.

화목난롯가에서 손을 쬐고 있던 내게 넘버원이던 영환이가 몸을 밀며 괴롭히던 적이 있어. 자리를 옮기면 또 따라와선 밀기를 반복하던 아인 내가 피한 줄도 모르고 엉덩이를 내밀다가 난로 위로 주저앉고 말았었지. 엉덩이와 허벅지 사이의 바지가 열기에 녹아 사라지고 없었어. 이제 죽었구나! 가슴이 두근대고 몸이 떨려왔어. 그래서 생각했다. 한 대 맞고 기절한 척 할까 아니면 때리기 전에 주저앉아 납작 엎드릴까.

오늘 밤 둑으로 나가 노래를 부를 거야. 너도 알지? 걸어 다니면서 나 노래 잘 불렀다는 거, 바닷가에서와 별보며 달보며 등을 중얼대며 다녔던 거. 그런 내가 요즘 자주 부르는 노래가 있어. 남북통일의 염원을 담은 문병란 시인의 시에 곡을 붙인 것으로 우리는 만나야 한다며 시인은 말하고 있어. 우리도 만나. 꿈속 길 걸어 학교 앞에서! 너를 등 뒤에 숨기고 한참 있어줄게.

직녀에게

이별이 너무 길다.
슬픔이 너무 길다.
선 채로 기다리기엔
세월이 너무 길다.

말라붙은 은하수
눈물로 녹이고
가슴과 가슴에
노둣돌을 놓아

그대 손짓하는 여인아

은하수 건너
오작교 없어도
노둣돌이 없어도
가슴 딛고 다시 만날 우리들

여인아, 여인아
이별은 끝나야 한다.
슬픔은 끝나야 한다.
우리는 만나야 한다.

- 직녀에게 (김원중 노래, 문병란 시)

500원의 추억

아홉 살 때 첨 가본 영양읍은 와! 도시는 다르구나! 하는 생각을 가지게 했습니다. 슬레이트지붕이 아닌 네모난 2층 건물이 즐비했으니까요. 가게도 많고 사람도 많았습니다. 유리문 너머로는 오색 물건들이 가득했고 첨 맡아보는 어묵냄새가 발걸음을 붙잡기도 했습니다. 예술대회는 끝이 났고 버스 시간을 기다리며 아침에 받은 오백 원으로 뭔가를 사야하는데…… 고를 수가 없었습니다. 모든 것이 낯설었기에 이름도 알지 못하고 값도 알 수 없는 것이기에, 천 원이라고 하면 어떻게 해야하나, 설마 꼬챙이에 꽂힌 저것이 500원을 넘진 않겠지!

500원은 참 컸답니다. 소풍 때에나 받아보는 돈이었고 제 동생은 500원으로 뭘 살 수 있는지도 모르면서 어머니 허리잡고 100원만 더 달라 조르다가 아버지께 호되게 야단을 맞았었지요. 500원으론 크라운 산도를 열 개, 초코파이를 다섯 개 살 수 있었습니다. 코카콜라도 두 병을 살 수 있었지요. 소풍날에는.

국물이 떨어지는 어묵을 사서 집에 가지고 갈 수는 없었습니다. 나 혼자만 맛난 걸 먹을 수도 없었습니다. 내 동생, 사다주면 얼마나 좋아할까……. 두리번거리던 제 눈에 가게 하나가 들어왔습니다. 문을 열고 들어서며 큰소리로 말했지요.

"아저씨, 까자 주이소!"

아저씨께서 한참을 웃으셨답니다. 과자집이 아니라 운동용품 파는 곳이었으니까요. 저는 모든 가게에서 과자를 파는 줄 알았답니다. 무슨무슨 가게가 따로 있다는 것은 생각지도 못했던 시절이었지요. 왜 가게에서 과자를 안 파는지 궁금했답니다. 하지만 물어볼 수는 없었습니다. 그것도 모르는 촌놈이라는 소리 들을까 염려되었던 게지요. 그래서 애써 태연한 척 변명을 했습니다.

"제가 확인도 안 하고 들어와 가지고 실수했니더."

"……"

"근데 아저씨, 저건 얼마 하니껴? 500원 쯤 하니껴?"

"저게 뭔지 아나?"

"……"

"저게 야구 글러브라는 거다. 공 던지면 받는 거."

"500원보다 비싸니껴?"

"저거 2,000원이다."

가끔 500원 동전을 보노라면 그때 생각이 떠오른답니다. 동생이 생각나고 야구 글러브가 생각나고 크라운 산도와 초코파이, 콜라의 수가 떠오릅니다. 저에게 500원은 그렇게 큰돈이었습니다. 그런 제가 중학교 들어가서 장학금을 받았습니다. 필요한 서류가 있어 아버지께 말씀드렸는데 아버진 기쁜 마음을 숨기지 못하셨지요. 저 대신 받은 장학금이 50,000원이었습니다. 크라운 산도가 천 개, 초코파이가 오백 개, 소풍 때 먹을 수 있는 콜라가 이백오십 개……. 백 원 더 달라고 조르다가 첨이자 마지막 소풍을 가서 제 손에 산도 하나를 쥐어주던 동생 생각이 납니다. 어머니 만나 잘 지내고 있는지, 저처럼 흰머리가 나고 있는지, 어쩌다 한 번씩 내 생각 하기는 했는지, 35년이 지나도록 올갱이를 먹지 못하는 오빠 마음 알기는 하는지, 그래도 참 예쁘고 착한 동생이었다고 꼭 말해주고 싶습니다.

사랑아

사랑아
사랑하며 살자.
하늘땅이 하나 되고
다시 둘이 된다 해도

보듬고
안아주고
무조건 편 돼주며
사랑아
내 사랑아
사랑하다 별이 되자.

조건만남 아가씨

용인의 창리라는 마을에 살 때 앞집에 학원 강사로 일하는 아가씨 한 분이 계셨다. 40분 산책을 마치고 돌아가던 저녁, 주차를 하고 집으로 가는 아가씨의 뒷모습이 보여 이제 퇴근하시나 보죠? 하며 인사를 했는데 고개 돌리며 보는 얼굴이 어두웠었다. 옆에 갈 때까지 말이 없던 아가씬 술 한잔 사줄 수 있냐고 했지만 술집이 없는 곳이라 냉장고에 있던 소주 한 병과 밭에서 딴 오이 하나를 들고 집 옆 놀이터로 갔다. 그네에 앉아 앞만 보고 있던 사람.

"가끔 창문으로 아저씨 모습이 보일 때가 있어요. 언제나 똑같은 자리 똑같은 자세로 있는 아저씨 모습을요. 하지만 정신은 옮겨 다니겠죠? 새처럼 자유롭게."

"학원에서 힘든 일 있나보죠?"

"아니요, 힘들어봤자 얼마나 힘들겠어요."

인상이 참 선한 사람이었다. 누가 보더라도 착하고 참하다는 느낌이 들 스물여덟의 아가씨, 교양도 있어 보이고 의식 수준도 높아보이던 사람, 따라준 종이컵의 소주를 홀짝홀짝 마시며 한참을 망설이더니 다음과 같은 말을 꺼내는 것이었다.

“제가 무슨 일 하는지 아세요? 알면 놀라실 거예요. 어떻게 그럴 수 있냐고 욕하실 지도 몰라요. 저는 있죠. 학원일하며 조건만남을 해요. 그게 뭔지 아세요? 돈 받고 몸 파는 거.”

“……”

“한 번하면 10만 원, 두 번하면 15만 원 받아요. 긴 밤도 가능해요. 근데 긴 밤은 자주 없어요. 가끔 있기는 한데, 긴 밤은 힘들어요. 재우지 않으니까.”

“……”

“이번 달에도 4백이 필요해요. 엄마가 입원한 지 1년이 넘었어요. 엄만 암환자이거든요. 근데 동생들은 아직 어려 수입이 없어요. 돈 버는 사람은 저밖에 없는데 치료비용이 너무 많아요. 카드 돌려막기를 하며 버티지만 갚기가 힘드네요. 다들 이렇게 살까요. 그래도 돈 때문에 몸 팔며 살진 않겠죠. 엄마가 이걸 알면 뭐라 할까요. 동생들과 같이 살지도 못해요.”

고향마을에 가면 육촌 할아버지가 있다. 할아버지와 사촌인데 지금은 아흔이 다 되어 그럴 수 없지만 20년 전만 해도 김용*라는 부잣집에서 허드렛일을 도왔다. 할아버지가 받는 일당은 이만 원이었다. 그 돈을 벌려고 나무를 하고 길을 만들고 잡초를 뽑았다. 그 돈을 벌려고 마을에선 촌수가 제일 위인 할아버지가 한참 젊은 사람에게 허리를 굽실대었다. 집으로 가는 길에 있는 산장, 그래서 지날 때면 꼭 봐야했던 할아버지의 모습.

가을 추수가 끝난 후 막내 이모에게 집에서 50만 원을 빌려준 적이 있다. 봄이 되기 전에 준다던 이모는 주지 않았고 둘째형 등록금 고지서 때문에 어머닌 이모와 싸웠다. 왜 안 주냐고, 안 줄 거 같으면 동생하지 말라며 험한 말까지 했었다. 어머닌 함부로 말하는 분이 아니었다. 당신은 못 먹어도 오는 손님의 입에는 밥을 넣어주는 분이 어머니였다.

그때 조건만남을 하던 아가씨도 이젠 벗어났을 것이다. 어머닌 세상을 떠났을 것이고 더는 병원비로 인해 그런 만남은 하지 않아도 될 터이니 그러한 고단한 삶은 살고 있지 않을 것이다. 돈이 절실히 필요한 사람의 심정은 겪어보지 않고는 모른다. 책장 사이에서 30만 원을 꺼내어 그녀의 손에 쥐어주었다. 그때도 지금도 가난하지만 30만 원이 없다고 나는 굶지 않는다. 하지만 꼭 갚으라고 말했다.

산다는 것이 무엇일까. 거창한 것일까. 뭔가 의미가 있는 것일까. 가치라는 것은 또 무엇일까. 돈 5천 원에 목숨 걸어야 하는 삶이 우리 주위엔 있다. 우린 나와 다른 생각, 다른 길을 걷는 사람들을 증오하기도 한다. 그 입장이 돼보지 않았기 때문이고 모르기 때문이다. 길거리에서 태극기 흔들고 있는 할아버지들 역시 마찬가지로 우리가 증오해야할 사람이 아니다. 우린 그들의 노력으로 번영된 나라에서 배부르게 살아왔다. 우리가 미워하고 책임을 물어야할 사람이 누구일까. 잡아야할 미꾸라지는 따로 있는 것이다.

다양한 꽃이 모여 꽃밭을 이루고 다양한 사람이 모여 무리를 이룬다. 가까이에서 바라보면 애틋하지 않는 것이 없다. 저마다 제 몫을 가지고 살아간다. 아픔의 깊이를 비교하며 따질 필요도 없다. 내가 아프면 그도 그만큼 아픈 것이다.

꽃마을에서 봤던 스물여덟의 아가씨, 누가 그에게 손가락질 할 수 있을까. 빌려준 돈 받지 못했다. 그러나 웃으며 살아주는 것이 갚음이라는 걸 그녀도 알고 있을 것이다. 우리 모두 그렇게 웃으며 살았으면 좋겠다. 올해는 모두에게 웃음이 넘치는 해가 되었으면 좋겠다.

준수엄마

학창시절 옥탑에서 4년가량을 살았다. 1층엔 세 가구가 살았는데 안채엔 어린 아들 둘을 키우는 부부가 살았고 별채의 방 두 개엔 직장인이 거주했다.

세 살 준수는 자주 옥상으로 올라와 문을 두드리곤 했다. 하모니카 소리에 이끌러 온 것이었는데 그 덕에 준수엄마로부터 밑반찬도 가끔 얻곤 했다. 서른이 갓 넘은 준수엄만 아주 예쁜 미모를 지닌 사람이었다. 부업으로 보험을 하고 있었지만 나에게 보험이야기는 한 적이 없다. 여느 가정처럼 단란해보였던 집, 그런데 이사 오고 6개월쯤 후 준수아빠가 집을 나갔다. 당사자에게 직접 들은 것이 아니기에 사정은 알 수 없지만 주인집 아주머니의 말에 의하면 바람이 나서 새 살림을 차렸다는 것이었다.

그 후 친정어머니가 오셔서 아이들을 돌봤고 준수엄만 한밤중이 돼서야 집으로 들어오는 생활을 했다. 그렇게 다시 두세 달이 지났을까, 아홉 시가 넘은 시간 주인아주머니가 방문을 요란스럽게 두드리고 있었다.

"학생! 빨리 나와 봐요. 골목에서 새댁이 맞고 있어요!"

오래된 단층 주택이 밀집한 지역, 거미줄처럼 복잡한 골목 한 곳에서 바닥에 주저앉은 준수엄마의 머리채를 잡고 때리는 남자가 있었다.

"내가 너에게 바친 것이 얼만데 도망을 가!"

사람의 입이 얼마만큼 더러울 수 있는지 알게 된 날이기도 하다. 남편이 집을 나간 후 낮으론 보험을 하고 저녁으론 주점에서 일을 시작한 준수엄마에게 그가 작업을 건 모양이었다. 돈도 주고 비싼 보석류도 줬는데 그것 다 챙기고는 자신을 피한다는 것이 이유였다. 주인집 누나가 말리고 주인집 아주머니가 말렸지만 말릴수록 말과 행동은 더 거칠어졌다.

"내가 달라고 한 게 아니잖아요. 그리고 유부남 아니라고 했잖아요."

습작물 퇴고 중에 문득 그때 일이 떠오른다. 골목을 시끄럽게 했던 사내는 5분도 버티지 못하고 사라졌지만 준수엄마도 두 달 후 이사를 갔다. 어디로 갔는지 모른다. 아는 사람이 없다. 그저 그날 저녁 내 손을 잡고 고맙다며 눈물 흘리던 모습이 긴 세월이 지났음에도 선명할 뿐이다.

되돌릴 수 없는 것에 연연할 필요 없다. 남의 이목에 신경 쓸 필요도 없다. 그들에게 나란 사람 아무 것도 아니다. 내 양심 앞에 부끄럽지 않다면 그것으로 되는 것이 아닐까. 권력에 맛들인 사람들, 돈에 눈 뒤집힌 사람들 뻔히 보이는 거짓말도 아무렇지 않게 한다. 어쩌면 진짜 참이라고 생각하는 것인지도 모르겠다. 아이를 키우기 위해 일을 했을 뿐인 준수엄마, 잘 살고 있는지, 행복한지, 궁금해지는 저녁이다. 그녀처럼 만나고 헤어진 사람들의 얼굴이 떠오른다. 내 기억 속에 남아있는 사람들, 모두 행복했으면 좋겠다.

산소의 소중함

군 생활을 할 때 소화훈련을 한 적이 있습니다. 소화훈련이란 석유를 뿌린 공간에 들어가서 불을 끄는 것이었지요.

철로 된 공간, 석유를 공급하는 모터의 회전소리, 건물 밖으론 새까만 연기가 쉼 없이 흘러나왔지요.

건물 안으로 들어서면 불 이외에는 보이는 것이 없었습니다. 코와 입으로 들어오는 유독가스와 불이 붙은 석유의 뜨거운 열기와 불을 향해 뿌려지는 차가운 물줄기, 불은 잡혔지만 밖으로 나온 대원들의 얼굴은 새까맣게 변해있었지요.

한 여름의 푸른 하늘, 심호흡 속에 들어오는 신선한 공기의 달콤함.

그것은 이전에는 느껴보지 못한 것이었습니다. 산소란 눈에 보이지 않고 우리는 보이지 않는 산소의 소중함을 잊고 살아갑니다.

함께 한다는 것에 어찌 아픔이 없을 수 있을까요? 소화훈련 뒤의 달콤했던 산소의 소중함처럼 우리는 잃고 나서야 몰랐던 소중함에 눈물을 흘릴 때가 있습니다.

너를 탓하기 전에 내 모습을 먼저 볼 수 있다면 좋겠지만, 내 입장만을 앞세우는 생각을 버릴 수 있다면 좋겠지만, 사람들은 늘 자기 기준으로 생각을 하고 판단을 합니다. 나는 함부로 하면서 나를 향해 함부로 하는 말은 담지 못합니다.

솔직하지 못한 마음
떳떳하지 못한 마음
때문에 하게 되는 거짓과 위선, 가식과 영악스러움
그래서 존재할지도 모르는 사람들의 눈물

먼 길을 떠난 남편
그 자리가 그리워 눈물 흘리는 사람
한 사람만을 바라보며 살았던 어느 책 속의 여인처럼
고운 사랑을 떠올려보게 되는 저녁

수십억 사람이 사는 지구지만 지금 곁에 있는 사람보다 소중한 사람은 없습니다.

당연하다는 것

알람소리보다 일찍 들려오는 닭울음소리에 잠이 깨곤 했습니다. 하지만 오늘은 나 자신이 먼저 일어나 그 울음소리를 기다렸습니다. 네 시가 조금 넘자 들려오는 소리, 시계는 해의 짧고 긺에 상관없이 정해진 시간에 맞추어 울리지만 지금 울고 있는 닭은 뜨는 해의 시간을 정확히 알고 울지 않나 싶습니다. 그래서인지 시계와 닭의 차이가 무엇인지에 대해서 고민을 하게 되었습니다.

생텍쥐페리의 어린왕자에 보면 정해진 시간에 맞추어 종을 치는 사람의 이야기가 나옵니다. 그리고 매일 오후 네 시가 되면 나타나던 여우와의 길들임과 습관 됨에 관한 이야기도 나옵니다. 매일 아침 여섯시 삼십분에 맞추어져 있는 알람시계, 돌아 생각해보니 나는 그 시간을 단 한 번도 기다리지 않은 듯 합니다. 그저 울리면 일어나야 한다는 생각만을 했었지요. 그 시간에 일어나야 한다. 그 시간이 되면 시계는 울릴 것이다. 당연시 되어버린 시간, 당연시 돼버린 시계, 어쩜 그것은 사람들의 마음과도 닮지 않았나 생각해봅니다.

나는 그렇게 사람들과의 관계에서 당연시 돼버린 생각으로 살아오진 않았을까? 반복되는 일상, 반복되는 만남에서 그 시간을 기다리며 살아오긴 했을까? 내 마음은 어떠했을까? 형식적이었을까? 마음을 다한 것이었을까?

시계도 예전처럼 태엽을 돌려 움직이던 때라면 지금처럼 당연하게 여겨지진 않았을지 모릅니다. 멈춰버릴지 모르기에 보고 또 보며 태엽을 감고 시간을 맞추며 살았을 것입니다. 하지만 지금은 시간을 알려주는 것이 너무도 많습니다. 시계, 핸드폰, TV, 컴퓨터, 라디오 모두 시간 설정이 가능하고 알람기능도 있습니다. 하나가 고장 난다고 걱정할 필요도 없습니다.

아끼는 마음, 기다리는 마음, 간직하는 마음, 사람과의 만남에도 이런 마음이 변치 않는다면 좋겠다는 생각, 발전하는 사회 속에서 잊히는 것들, 사라지는 것들, 한 번 쓰고 버려지는 종이컵, 이용하고 내는 요금, 부르면 와주는 서비스.

또 문득, 나는 너를 그렇게 생각하진 않았을까 하는 직접적인 질문을 스스로에게 던져보게 됩니다. 내 부모, 연인, 동료, 아이, 배우자……. 하나의 사람으로 생각하기 전에 나에게 종속된 사람으로 내 기준에 맞추어 생각하진 않았을까 하는, 어쩜 그러했을지도 모르겠습니다. 그랬기에 바람을 가지게 되고 수많은 요구를 했을지 모르겠습니다. 감은 태엽이 다하면 멈추는 시계처럼 언제 그 사람들이 사라질지 모른다는 시간 속에서 살았다면 아마도 더 해주지 못해 아파했을 것입니다. 그 시간이 너무 간절하고 소중하여 짧게만 느껴지게 됐을 것입니다.

당연하다는 것.

그 말을 버릴 때 인연은 더 아름답지 않을까요? 당신이 나에게 있는 것 당연하지 않습니다. 당신이 일하는 것 당연하지 않습니다. 우리가 사랑하는 것 당연하지 않습니다. 언제 사라질지 모르는 당신입니다.

사랑하고 싶습니다.

당연하지 않기에 영원하지 않기에 사랑하기에도 짧은 것이 인생이기에…….

하늘 볼 때면

어린 시절 말라가는 볏짚 위에 누워 하늘을 보곤 했습니다. 메뚜기는 겁도 없이 볼 위로도 뛰어올랐고 볏짚 냄새 속으로 파란 하늘과 하얀 구름이 보였었지요. 지구가 뒤집힌다면 저 하늘로 날 수 있을까? 그런 생각을 했었답니다. 새들과 경주도 하고 강물 따라 가보는 상상까지, 미소가 번지곤 했습니다.

중력이 사라진다면 가능할지도 모릅니다. 개구리처럼 폴짝이며 새꽁무니를 쫓을지도 모르구요. 어쩜 구름 위에 드러누워 지는 해를 볼지도 모릅니다. 바다 위로 숨 내쉬는 고래를 보며 올챙이 닮았다고 놀릴지도. 그런데! 그렇게 한나절을 놀고 나면 무슨 생각이 떠오를까요?

어느 스님의 말씀이 떠오릅니다. 태어나고 갖게 되는 모든 것이 상이라는 것이었는데 부모가 되고 자식이 되고 어떤 생각을 가지게 되고 하는 모든 것이 상이라는 것이었습니다. 하지만 사람은 받은 그 상에 집착한다는 것이었습니다. 나라는 테두리 속에서 나를 누군가를 무엇인가를 집착하게 된다는 것이었지요.

참 많은 이별을 하며 삽니다. 내가 좋아 인연 맺은 것들과 하루에도 수없이 이별하며 삽니다. 멈추지도 못합니다. 오른손에 쥐어지면 왼손을 내밀고 왼손에 쥐어지면 오른손 것을 버립니다. 그렇게 우리는 집착과 소유, 욕망 속에서 허우적대곤 합니다.

하늘을 날았다고 만족했을까요. 어쩜 한나절 만에 땅이 그리워 내려왔을지도 모릅니다. 날개 만들어 팔에 묶고 바동대봤자 안 됨을 알았기에 콧노래 부르며 여행하지 않았을지! 이별이 슬픈 까닭은 내 것이란 없다, 만족이란 없다, 영원한 것이란 없다, 입으론 말하지만 쉬이 쥔 손을 펴지 못하기 때문일 것입니다.

하늘 보며 상상하는 것은 언제나 즐겁습니다. 고래와도 함께 날고 구름 위에 앉아 미늘 없는 낚싯대를 드리우기도 합니다. 손오공이 부럽지도 않지요. 그렇게 볼 수 있다면 좋겠습니다. 하늘 보듯 구름 보듯 추억 떠올리듯, 내 앞의 것들 볼 수 있다면…….

개미

개미집이 있기에 쪼그리고 앉아 한참을 보았다. 하지만 녀석들의 모습이 보이지 않아 풀잎 하나 꽂았더니 돌멩이를 들고 나오는 것이었다. 한 발 물러나 공격에 대비하고 있자니 몇 해 전 썼던 개미라는 시가 떠올랐다. 몸보다 더 큰 돌을 입에 물고 걸어가던 개미 두 마리, 한 번에 큰 것을 옮겨놓곤 그늘 밑에서 쉬려는 것은 아닐까 하는 내용으로 사람들이 가지게 되는 편견을 다룬 것이었다.

알지 못하는 것에 대해 쏟아지는 말들이 많다. 내 눈으로 보지 않은 것, 검증되지 않은 것, 내 이익 앞에 거짓으로 내뱉는 말조차 사실 인 척 전달된다는 것이다. 그 말들이 누군가의 가슴엔 씻지 못할 아픔으로 돌아간다는 것조차 인식하지 못한 채 물 만난 고기마냥 춤을 추는데 무식해서가 아니라 인성이 없기에 가능한 일들이다.

2000년도에 입사했던 출판사에 지능이 다소 떨어진 40대 직원(가명 민영)이 자재부에서 근무하고 있었다. 경영학과를 휴학하고 잠시 일을 하던 스물여섯의 청년(가명 기호)과 함께 일했는데 먼저 입사를 했어도 민영은 보조이고 기호가 주였다. 기호는 까칠했다. 참을성도 부족하고 싸움닭처럼 사소한 것에서도 신경질을 부렸는데 반면 민영은 개미처럼 땀 뻘뻘 흘리며 창고 구석구석을 뒤지며 일만 했었다. 대표가 소유한 벤츠 승용차의 세차마저 도맡아 했었던 사람.

"그 사람은 바보야/ 무슨 말인지 알아듣지도 못하는 사람이야/ 그 사람 때문에 나만 고생하는 거야."

가족에 의해 회사를 떠나게 됐던 민영, 그를 다시 본 건 몇 달 후였다. 여전히 흘러내리는 땀, 손등으로 코를 비비는 버릇, 리어카 바닥에 깔린 몇 되지 않은 폐지를 보며선 나를 향해 그가 코 쓱 비비며 했던 말이 지금도 선명하다.

"힘 안 들어요. 편해요. 마음 편해요."

저녁 무렵 들려온 이야기에 가슴이 더 무겁다. 돈 앞에서 가족이 가족을 고소하고 돈 앞에서 피해자를 두고 뱉어내는 말들, 정신을 죽인 것도 모자라 거짓된 말로 죽지 못해 살고 있는 처절한 몸짓마저 또다시 밟아대는 인간 같지 않은 종자들! 거짓말하는 사람들의 말은 어제와 오늘이 다르고 떠도는 소문을 사실인 양 나불대는 사람들은 자신을 향해 들려오는 같은 말에는 참지 못하고 발끈한다. 함부로 지껄이는 말이 사람의 목숨까지 앗아갈 수 있음을 인지하지 못한 채 사실조차 왜곡해서 떠벌리는 말 같지 않은 말이 난무한 세상.

민영은 힘듦을 몰랐을까. 두 번 울어야 하는 피해자의 마음은 또 어떠할까. 사연 없고 애틋하지 않은 사람 없고 생각 없는 사람 없다. 하고플 때, 멋대로, 아무렇게나 내뱉는 것이 말이 아니다. 배려가 있어야 하고 어제와 오늘의 말이 달라져서도 안 된다. 내 입 가지고 내가 말하는데 무슨 상관이야! 말 많은 놈치고 된 놈 본 적 나는 없다.

개미/배정록

개미 두 마리
먹이를 옮긴다.
제 몸보다
더 큰 먹이를 물고
땡볕 아래에서
영차, 영차

한 번에
큰놈 가져다 놓고
놀려는 것이 분명하다.
풀잎의 그늘 아래에서
빈둥거리며
놀려는 것이 분명한 거야.

그럼 그렇지.

주위를 살핀다.

본 건 있어서

치밀함도 가졌다.

어여 가.

그래야 일러바치지.

뒤를 쫓은 지

한 시간 하고도 십 분

이마에 땀이 흐르고

구부린 허리가 저릴 쯤

한 놈이

먹이를 두고 냅다 달렸다.

한 놈은 먹이를 지키고

달려갔던 놈

창을 든 개미떼를 불러왔다.

땅도 참지 못해

열기를 토하던 날

두 손 들고 무릎 꿇고

안대를 쓰고

……

쉰내가 났다.

밥을 하는 것엔

밥을 하는 것엔 많은 정성이 들어간다. 한 끼 간단히 해결하려 해도 쌀을 안치고 국이든 졸임이든 하나는 만들어야 하는데 반찬을 만들다보면 전기도 없던 시절, 가마솥이 걸린 봉당에서 7남매의 자식과 남편과 시아버지의 밥을 하시던 어머니 생각이 나곤 한다. 그뿐이었을까, 소에게 줄 소죽도 모두 어머니의 몫이었다. 죽을 듯이 아파 눈물이 나도 숟가락은 올라간다는 말처럼 밥이란 그런 것이다. 보리쌀에 감자가 반인 밥이었지만 자식을 키우기 위해서 찬바람 맞으며 밥을 하셨던 어머니의 희생과 사랑.

꼬리 하나 없었던 어머니의 양미리국, 떠난 동생에게 주고 싶었던 김이 나던 어묵, 반찬 없어도 먹을 수 있다며 삼각 김밥으로 끼니를 해결하는 어린 소녀와 자식 찾아오지 않는 골방에서 신 김치 하나로 밥을 뜨는 할아버지, 투쟁중인 노동자들을 위해 밥차를 운영하며 따신 밥을 건네시는 분.

반찬이 맛없다, 밥이 질다, 아내가 어머니가 해놓은 밥상을 두고 투정부리는 사람들, 그렇게 살면 안 되는 거다. 아내를 위해 어머니를 위해 쌀을 안치고 반찬을 하며 상을 차려준 적이 얼마나 되나. 영원한 것이란 없고 당연한 것이란 없고 손에 쥐어진 바람 한 점도 내 것이 아닌데……. 문득 보게 된 앨범 속 사진 몇 장에서 나를 살게 해준 밥의 소중함을 다시 느껴보게 되는 오후, 따신 밥 한 그릇 내 손으로 차려줄 수 있는 그런 오늘이 되었으면 좋겠다.

상이라는 것

어느 스님이 쓴 책에서 이런 구절을 보았습니다.

사람이 태어나고 또 태어나서 갖게 되는 모든 것은 상이라는 것이었습니다.

부모가 되고 자식이 되고 또 어떤 생각을 가지게 되는 것도 상이라고 했습니다.

하지만 사람들은 받은 그 상에 집착을 한다는 것이었습니다.

나라는 테두리 속에서 나를 누군가를 또는 무엇인가를 집착하게 된다는 것이었지요.

스님이 말하는 해탈은

그런 상에서 벗어나는 것이라 했습니다.

나라는 주체에서 벗어나는 것이라 말하고 있었습니다.

있는 그대로 바라보고 지켜줄 수 있다면 얼마나 좋을까요?

그럴 수 있다면 그 사람이야말로 해탈을 한 사람이 아닐까 하는 생각을 가져봅니다.

살면서 만나게 되는 수많은 사람들

그들을 있는 그대로 바라보고 존중해줄 수 있는 마음
참 어렵고도 먼 일인 것 같다는 생각이 듭니다.

무조건 적으로 받아줄 수는 없습니다.
나는 괜찮지만 너는 안 된다는 생각
필요할 땐 찾으면서 받은 마음은 잊어버리는 것
인생사 속에서 비일비재한 그 일들은 스님이 말하는 자유로움과는 거리가 먼 것일 지도…….

요구하기 전에
원하기 전에
먼저 듣고 받아주는 법을 우리는 모른 채 하고 살아가고 있는 것은 아닐지 모르겠습니다.

내 손에 쥐어진 나비
생명이 없는 빈껍데기일 뿐이었습니다.

전직 에로배우 며느리 결사반대

동네 식당아주머니가 해주시는 밥 생각이 나서 들렀다가 제목의 프로그램을 보았다. 녹화인지 뭔지는 모르지만 김진경이라는 전직 에로배우와 결혼을 결심한 남자의 이야기였다. 끝까지 보지 못했기에 결과를 알 수는 없지만 과정에서 보인 양쪽 집안의 모습이 슬펐다.

왜 사람들은 과거에 집착하는 것일까.
왜 알 수 없는 미래에 대해 부정적인 선입견을 가지는 것일까.

배우가 나오는 영화를 봤을 남자들의 표정이 그려진다. 벗는 영화를 찍은 배우여서 반대를 한다는데 부끄러움 없이 그에게 돌 던질 사람이 얼마나 될까. 조선시대도 아니고 칠푼이가 구속된 구치소 앞에서 큰절 올리는 국민의식이 아직도 존재하는 시대이니 어쩜 무리는 아니겠다.

엎질러진 물은 담을 수 없다. 다시 태어날 수도 돌아가 생활할 수도 없다. 문제를 삼고 책임을 물어야할 것은 현재의 잘못과 잘못에 대한 아몰랑 태도이지 에로배우였다는 과거가 아니다. 그의 잘못이 무엇이며 그 부모가 죄인이 돼야할 이유는 또 무엇일까.

내세울 것 없는 사람들이나 따지는 과거.

나는 떳떳한가.

- 눈 감았다 뜨면 과거가 된다. 감기 시작할 때의 순간의 미래가 바로 과거로 이어진다. 과학적 관점에서의 현재란 찰나의 시간을 의미하겠지만 관계 속에서의 현재란 함께 하는 시간이라고 말하고 싶다. 나와 함께 하는 사람 그들과의 시간.

사람이라면

집중이 되지 않는 밤, 멍하니 책상 앞에 앉아 시간을 보냈다. 답이 뵈지 않는 어둠 속에서 깍지 낀 손 위에 턱을 괴고 장승처럼 있어야 했던 시간, 네 시가 지났다.

어머닌 초등학교 1학년도 마치지 못했다. 그리듯 쓰는 글자엔 밑받침이 없었고 숫자도 달력을 보며 익혔다. 하지만 어머닌 자신의 이익을 위하여 머리 굴리진 않았다. 손해 보는 길을 택했고 아파도 아니라며 웃음 지어주던 분이셨다. 그런데 지금 이 나라의 모습은 어떤가. 돈이 먼저이고 출세가 먼저이며 남은 비판하면서도 자신 앞엔 관대하다. 딸랑이며 머리 굴리는 소리 천둥처럼 들리는데 그럼에도 봉사 밖에 모른다며 나불대는 더러운 입과 돈 몇 푼 앞에 법도 양심도 버리는 행동들.

요양원에서 근무하는 지인, 홀로 아이들 키우며 열심히 살아가는 사람인데 원장이란 작자가 Puppy다. 3교대로 구인광고를 내놓고는 2교대로 운영하며 서너 시간 그곳에서 쉬라지. 돈 몇 푼에 그곳에선 받을 수 없는 피부병 환자를 받고도 옮기지 않는 병이라고 떠들면서 그럼에도 자신은 접촉조차 하지 않는 뻔뻔함과 혹여 옮기는 일이 생긴다면 그것은 관리를 하지 못한 직원들 탓이라며 도무지 알아듣지 못하는 말만 해대는 사람.

하루가 멀다 하고 들려오는 #METOO, 뻔히 보면서도 외면했던 같은 종자들, 요양원장과 다를 것이 무얼까. 나에게 잘 보여야 책 한 권 낼 수 있고, 나에게 잘 보여야 배역 하나 딸 수 있고……. 수모 겪지 않으려면 성공해야 한다며 그 앞에서 당당하게 따지며 욕하지 못한 내 나약함, 우리 모두의 책임인 것이다. 망각한 죄, 외면한 죄, 적당히 타협한 죄. 상대가 Puppy면 몽둥일 들어야 하고 상대가 멍멍대면 주둥일 아작 내야 하는 것이다. 떳떳해야 하는 것이고 양심 앞에 부끄럽지 않아야 하는 것이다. 그런데 이 사회는 어떤가. 어제 했던 말이 오늘아침 뒤집히고 신의도 이상도 헌신처럼 버린다. 변명이 판을 치고 아니면 말고 식의 개소리가 판을 친다. 아니라고 할 수 있을까. 나는 그 안에서 자유로울 수 있을까…….

사람은

사람은 아플 줄 알아야 한다.
슬플 땐 울고

기쁠 땐 웃을 수 있어야 한다.

사람은 괴로울 줄 알아야 한다.
바름은 배우고
거짓엔 아니라 할 줄 알아야 한다.

기뻐도 눈물 찍고
슬퍼도 웃는다는 것
눈 동그랗게 뜨고 거짓을 말한다면
어찌 사람이라 할 수 있을까?

사람은 뉘우칠 줄 알아야 한다.
잘못 앞에 변명하고
아니라고 해 가리기 하는

사람은 사람은
부끄러움을 알아야 한다.
머리 숨기고 숨었다 착각하는
꿩은 되지 말아야 한다.

적어도 너와 내가 사람이라면

#METOO운동을 보며

#METOO 운동이 한창인 가운데 천주교 신부의 관련 사건을 접했다. 법조계에서 시작해 문화계와 학교까지 이어지더니 이태석 신부가 터를 닦아놓은 남수단 선교활동지에서조차 같은 일이 발생했다.

꽤 오래전 사회친구를 식당에서 만난 날, 옆 테이블에서 들려왔던 말이 지금도 선명하다.

"얼마 전에 아줌마 하나를 만났는데 그렇게 맛이 없는 여자 첨이야."

문지방 넘을 힘만 있어도 사라지지 않는다는 성욕, 의지만으로는 자제가 어렵다는 욕구, 사랑과 책임에선 등 돌린 채 욕망과 쾌락만을 쫓는 현실, 그럼에도 집에 가면 딸아이의 엉덩이를 두드리고 아내의 볼에 키스하며 사랑한다고 말할 양심 없는 행동들.

영향력이 있다는 것이 글을 쓰고 학생을 가르치고 노래를 부르고 영화를 찍는 것과 무슨 상관일까. 그게 무슨 벼슬이기에 꿈을 안고 시작하는 사람들을 상대로 성적폭력을 행사하는 것일까. 인간의 나약함이 만들어낸 종교, 내가 신이요를 외치며 신자들을 상대로 몹쓸 짓을 해대던 교주들의 행동과 다름이 무엇이란 말인가. 두 개의 눈과 하나의 입을 가진 똑같은 몸, 대중의 관심을 받는다며 특별나다 생각할 수도 있겠지만 흘러가는 시간 속에 주름이 늘며 떠날 똑같은 생명.

동주와 미당의 차이를 말하며 학생을 가르치기도 했겠지. 딸아이 손을 잡고 방송에 나와 애정을 과시하기도 했겠지. 나이 먹으며 생기는 주름, 그 주름만큼 아름다운 것은 없을 진데 음흉한 표정 지며 침 흘렸을 주름진 얼굴이 구역질나게 한다. 집에 가라. 참기 힘들거든 집에 가서 거울 보며 네 물건 잡고 혼자 흔들어라. 성인(聖人)도 천재도 아닌 것들이 깝치며 나대는 꼴, 역겹고도 역겹다.

바람이 들려준 이야기

언젠가 불어오는 바람을 만났습니다. 그는 시베리아에서 출발하여 고비사막을 넘어 이곳까지 왔다고 했습니다. 물론 그 길에는 우리가 가지 못하는 북녘의 압록강도 임진강도 있었습니다.

나의 초대를 받은 그가 경기도 광주시의 태화산 중턱에 위치한 정자로 찾아왔습니다. 첨 만나는 사이였지만 그는 서먹한 내색 없이 오는 동안 겪었던 일들을 들려주었습니다. 시베리아 벌판에선 어린 북극곰이 배고픔에 지친 수곰에게 죽임을 당한 어미 곁에서 울고 있었다고 했습니다. 고비사막에선 과학책에서나 볼법한 수를 헤아릴 수 밤하늘의 별을 보았고 압록강 수풍댐 호수에선 나무를 실어 나르는 거대한 뗏목도 보았답니다.

그 다음으로 나에게 들려준 이야기는 임진강변에서 만난 꽃에 대한 것이었습니다. 주고받은 막걸리 몇 사발에 그의 얼굴은 붉어져 있었지만 그 모습을 보며 웃는 나를 향해 똑같은 웃음을 지어보이던 바람……. 늘 그래왔듯 남쪽을 향해 걸음을 옮기던 그의 앞에 홀로 핀

꽃 한 송이가 애원을 하고 있었답니다.

"저를 돌아가 주세요."

"……"

당황한 그가 말했습니다.

"왜 그러세요? 저는 나쁜 바람이 아닙니다."

"알아요. 하지만 지금은 아저씨를 받아들일 수 없어요."

"그것이 무슨 말씀이신지……. 저는 남쪽을 향해 가고 있을 뿐입니다. 멀리 시베리아에서 긴 시간을 날아왔지요. 이제 제 몸은 따뜻해져 춥지도 않아요. 당신의 마음에 답답함이 있다면 제가 도움이 될지도 모르지요. 그리고 저는 오래 멈출 수도 없답니다. 운명이니까요."

하지만 꽃은 간절한 눈빛으로 다시 말을 이었습니다.

"이곳에서 아저씨와 같은 분을 많이 만났어요. 땀방울도 식혀주고 힘이 들 땐 다정한 말로 속삭여도 주었는걸요. 하지만 한 분이 그랬어요. 그 분은 누구에게도 상처를 주지 않았다고 했어요. 상처를 주는 존재가 아니라고 했어요. 그렇게 살아왔고 도움을 주었으면 주었지 절대 욕먹을 행동은 하지 않았다고 했어요. 근데 아세요? 저는 그때 어렵게 얻은 씨앗을 품고 있었다는 걸요. 저는 몸이 약해 해님의 도움 없인 씨앗을 품을 수 없는 몸이었어요. 저를 가엾게 여긴 해님은 한 달 동안 제 몸에 햇살을 내려주었지요. 저도 곧 엄마가 될 수 있다고 생각했어요. 하지만 그 분은 자기가 지나간다고 씨앗이 떨어지는 일은 없다고만 했어요, 한 번도 그런 경우를 보지 못했다구요.

심지어 왜 그렇게 예민하게 구냐고 핀잔도 주었지요."

"……"

"제가 예민한 건가요? 아저씨도 그렇게 생각하세요? 잠시 옆으로 돌아갈 수도 있잖아요. 상대방이 바라지 않는데 자기의 생각으로 괜찮다고 하며 강요할 수는 없는 것이잖아요. 저는 나쁜 말을 하지 않았어요. 거짓말도 하지 않았어요. 영악하게 살지도 않았고 태어난 곳에서 자라 꽃이 되어 서있을 뿐이었어요. 제가 만일 나쁜 말 행동을 하여 누군가가 나무랐다면 저는 받아들였을 거예요. 그렇잖아요! 그런 건 모두 구별할 수 있잖아요. 하지만 그 분은 아무렇지 않게 괜찮다고만 말하며 저를 지나갔어요. 저는 일 년밖에 살지 못하는 꽃입니다. 일 년이 평생이고 자식도 한 번밖에 가질 수가 없어요. 건강하지 못해 힘들게 씨앗을 가졌고 엄마가 될 수도 있었지만 그 분 때문에 저는 품고 있던 씨앗을 모두 잃고 말았답니다."

"……"

"지금은 아저씨! 제 생명이 얼마 남지 않은 상태에요. 흔들리는 모습으로 생을 마감하고 싶지가 않답니다. 먼저 간 아이들에게 똑바로 선 모습으로 찾아가고 싶습니다. 하늘에서 보고 있을 테니까요. 자기들을 품고 있던 그때처럼 흔들리지 않는 엄마의 모습을 저는 지키고 싶답니다. 그렇게 해줄 수 있나요? 지나쳐 가지 마시고 잠시 돌아가 주실 수 있나요?"

그는 결국 임진강변에서 한 나절을 보내다가 그녀에게서 멀리 떨어진 곳으로 돌아 내려왔다고 했습니다. 남은 막걸리를 비우며 그가 나에게 들려준 이야기는 이것이었습니다. 슬픔 중에서 제일가는 슬픔은 내 모습을 보지 못하는 거라는 것이었습니다. 씨앗을 떨어뜨리게 했던 바람도 그 일은 까마득히 있고 내가 지나가면 모두들 기뻐한다고 생각하며 아직까지 살고 있을지 모를 일입니다.

옳고 그름은 내 생각이 아닌 우리가 기준입니다. 우리의 생각이라는 것은 상식과 배려, 윤리와 도덕 그리고 사회규범이라는 틀을 말하는 것입니다. 이유 없이 빰을 때린 사람에게 왜 나쁜 행동을 하냐고 그것은 옳지 못한 것 아니냐고 말할 때 왜 나에게 당신 생각을 강요하는 것이냐고 말하는 사람이라면 그 바람과 다를 것이 뭐가 있을까요? 그러면서도 웃을 수 있는 사람이라면 눈물 나도록 불쌍한 사람일지 모를 일입니다.

막걸리 잔을 나누던 바람, 그와의 재회를 기다려보는 밤……. 하늘에 별이 떴습니다.

한여름 밤의 꿈

1. 넌 어디서 왔니

바람소릴까?

나지막이 들리는 노랫소리.

나는 나도 모르게 그 소리에 이끌려 귀를 기울였다.

〈별님들이 미소짓는 하늘 아래에 고기잡이 떠나온 고깃배 하나. 갈 곳 몰라 헤매이는 어부 아저씨. 눈을 떠요, 눈을 떠요. 하늘을 봐요. 별님들이 가리키는 저쪽 바다에 수많은 고기떼가 고개를 내미네요.〉

바다로 떠난 지 며칠이 지났는지 모를 일이었다.

이틀만 잡고 돌아가야지 하고 배를 몰고 나왔지만 이틀 동안 고기 한 마리 잡을 수가 없었다. 그래서 조금만 더 멀리 멀리 하다가 태풍을 만나고 말았다. 육지는 보이지 않고 파도는 점점 거세져 배를 삼킬 것만 같았다. 있는 힘을 다해 키를 잡고 버티었지만 뱃전에 부딪치며 부서지는 파도는 하얀 포말을 일으키며 배를 뒤덮고 있었고 그 앞에서 나는 점점 지쳐가고 있었다. 얼마나 많은 시간이 지났는지 어디로 가는지 알 수도 없었고 파도는 잦아들 기미조차 없었다. 결국 나는 덮쳐오는 파도에 중심을 잃고 쓰러지고 말았다.

바람소리 같았다. 바위를 타고 떨어지는 여울목의 물소리 같았다. 그 소리에 눈을 떴을 때 배는 망망대해 한 가운데 있었다.

섬 하나 보이지 않는 바다, 밤하늘을 가득 수놓은 별과 은하수, 금발머리 아이 하나……. 뱃머리에 앉은 아이 위로 별빛이 내려앉았다. 달빛을 받은 바다가 반짝이고 살며시 부는 바람이 아이의 긴 머리카락을 쓸고 지나갔다. 나와 눈이 마주치자 노래를 멈춘 아이는 서너 살쯤 돼 보이는 키에 유난히 긴 머리와 옥색 원피스를 입고 있었다.

"나 해바라기 마을에 데려다 줘."

아이가 첨으로 나에게 한 말이었다. 정신이 멍한 상태에서 상황파악이 되지 않은 난 아무 말도 하지 못하고 그냥 아이만 볼 뿐이었다.

"해바라기 마을에 데려다 줘!"

아인 또다시 해바라기 마을에 데려다 달라고 말했다.

해바라기 마을은 어디고 아이는 어떻게 여기에 있는 것일까? 내 머릿속엔 온통 이 생각뿐이었다.

"난 지금 아무데도 갈 수가 없어. 배가 고장났거든."

그러자 아이의 표정이 실망감으로 가득했다.

"고장나면 갈 수 없는 거야? 고장이라는 말이 갈 수 없다는 말이야?"

"고장이라는 말이 갈 수 없다는 말은 아니고……. 이 배엔 엔진이라는 것이 있어서 그것이 움직여야 배를 움직일 수 있어. 근데 지금 이 배는 엔진이 고장났어."

"그럼 바람을 타고 가면 되잖아!"

"바람이 향하는 곳이 내가 떠나온 마을인지 알 수도 없어. 지금 나에겐 나침반도 고장이 났거든."

"고장이라는 말은 참 안 좋은 말 같아."

"그런데 넌 여기에 어떻게 온 거니?"

아이는 밤하늘의 별자리를 보며 별과 얘기하듯이 말했다.

"풍선타고 왔어. 아주 큰 풍선……. 내 마음대로 방향을 바꿀 수도 목적지를 바꿀 수도 없는 풍선……. 그냥 바람이 이끄는 대로 움직이는 풍선을 타고 왔어. 지난밤에 파도가 심했는데 나도 눈 뜨니까 여기였어."

"어디에서?"

"아주 멀어. 아저씬 말해도 몰라. 저기 저 별과 저기 저 별 사이의 별 보이지 그 별은 항상 그 자리에 있는 별이야. 내가 온 곳은 저 별 바로 옆에 있어."

아이가 말한 별은 북두칠성과 카시오페이아 그리고 북극성을 말하는 것이었다. 고개를 돌리며 나를 보는 아이의 눈망울이 너무 맑았다. 우수에 젖은 듯 한 눈망울, 바람에 머리카락 한 올이 왼쪽 볼을 타고 흘러 오른쪽 어깨 너머로 흘러갔다. 아이는 이렇게 말했다.

"나도 사실은 그 별인지 확실히는 몰라. 내가 살던 별은 작아서 여기선 안 보일지 모르니까 별을 한 바퀴 도는데 마차를 타고 달리면 하루면 되는 별이니까."

아이의 이야길 들으며 그것은 불가능한 일이야. 풍선타고 우주를 건널 수도 없고 우주엔 공기도 없을뿐더러 빛의 속도로 가도 수백 년 수천 년 수만 년이 걸리는 거리에 있는 별이라고 말하지는 않았다. 아이가 지쳐보였고 아파보였다.

그래서 난 해바라기 마을에 대해서 물어보았다.

"해바라기 마을엔 왜 가려고 하니?"

"나도 해바라기 마을이 어디 있는지 몰라. 그냥 해바라기 꽃이 활짝 핀 마을을 찾고 싶을 뿐이야. 나 해바라기 마을에 데려다 줘!"

"난 물고기를 잡아 마을로 돌아가야 해. 그래야 물고기를 시장에 내다 팔아서 빵을 살 수 있거든."

"팔아서 산다는 말이 무슨 말인지 모르겠어. 하지만 아저씨가 빵이 필요한 것이라면 나와 함께 해바라기 마을을 찾아줘. 그럼 언제든지 빵과 바꿀 수 있는 것을 아저씨께 줄게."

나는 몹시 지쳐있었다. 그러나 아이와 함께 좀 더 많은 얘기를 나눠보고 싶다는 생각이 들었다. 또 이렇게 작은 아이를 마냥 바다 한가운데 머물게 할 수는 없는 일이고 이처럼 작은 아이를 아이가 원하는 곳이 아닌 다른 어떤 마을에 내버려둔다는 것도 있을 수 없는 일이었다. 적어도 사람은 자신을 필요로 하는 사람에겐 도움이 돼주어야 한다. 도대체 해바라기 마을이 어떤 마을이기에 아이는 자꾸 그곳으로 데려다 달라고 하는 것일까? 아이를 그 마을에 데려다주고 싶다는 생각이 들었다. 아인 내가 만난 사람 중에서 제일 맑은 눈망울과 순수한 마음을 가지고 있는 것 같았다.

아이는 다시 하늘을 올려다보며 노래를 불렀다.

바람소리 같고 여울목의 물소리와도 같은 소리……. 아이의 머릿결이 달빛에 빛나며 길게 휘날렸다.

〈별님들이 가리키는 저쪽 바다 너머에서 싱그러운 풀냄새가 묻어나네요. 별님은 길을 안내하고 희망은 바람을 불러오죠. 마음 속 깊이 소원을 빌어보면 참된 마음은 그렇게 이루어진답니다.〉

2. 산을 넘어서

아이의 말처럼 바람은 우리를 어느 바닷가에 안내해주었다. 하지만 사람이 사는 집은 보이지 않고 좁은 백사장에 바위가 많이 있을 뿐이었다. 밧줄로 배를 단단하게 고정한 다음 아이를 안아 올려 백사장에 내려주었다. 이런 몸으로 어디를 가려는 것일까? 해바라기 마을이 아니라 나지막한 오솔길도 걷기 힘들어보였다. 아인 눈이 부신

지 손으로 눈 위를 가리고 그 자리에 가만히 서 있었다. 아이 앞에 등을 돌리고 앉자 아인 말없이 두 팔을 뻗어 나의 목을 안고는 등에 업히었다. 새털보다 가벼운 아이……. 난 아이에게 이렇게 말했다.

"난 네 이름이 뭔지도 모르고 해바라기 마을이 어디있는지도 몰라. 하지만 여긴 따뜻한 곳이니까 곧 해바라기가 만발해있는 마을을 찾게 될 거야. 그러니 힘을 내렴."

"고마워."

아이의 숨소리가 귓가에 자그맣게 들려왔다.

"높은 곳에 오르면 넓은 곳을 한 눈에 볼 수 있을 거야."

해안가에 자리한 산은 한 눈에 보기에도 까마득히 높이 솟아있는 산이었다. 봉우리 몇 개를 넘어야 오를 수 있는 산인지도 알 수 없는 산……. 하지만 왜인지 아이에게 해바라기 마을을 보여주고 싶다는 생각이 발걸음을 재촉하고 있었다.

배에서 가지고 나온 식량이라곤 빵 두 개와 물 한 병이 전부였다. 산 입구는 비교적 완만했지만 길이 나지 않은 곳이라 나무 사이를 헤치며 가야했다. 출발한 지 얼마 지나지 않아 만난 폭포는 높이가 30m는 족히 되어보였다. 바라만 봐도 시원해지는 폭포 아래에서 양껏 목을 축이고 계곡을 따라 산을 올랐다. 계곡 주위론 굴참나무가 즐비하게 서있는데 모두 높이가 20m는 넘어 보였다. 아이는 지쳤는지 잠이 들었는지 아무 말이 없었다. 그냥 숨소리만이 귓가에 들릴 뿐 세상은 고요하기만 했다.

폭포를 지나고 30분쯤 걸어가자 갑자기 산이 가팔라지기 시작했다. 어떤 곳은 바위가 길을 막고 있었고 어떤 곳은 가시덤불이 막고 있기도 했다. 몇 번이나 뒤를 돌아보았다. 땀은 비 오듯 흐르고 배는 고파지고 다리는 점점 후들거렸다. 그럴 때마다 등에 업힌 아이를 생각했다. 조금만 참자 아이에게 해바라기 마을만 보여주자. 저 봉우리에만 오르면 무엇인가 보일거야. 그러나 첫 번째 봉우리에 다다랐을 때 바닷가에 묶어놓은 작은 배만 점처럼 눈에 들어올 뿐 안타깝게도 어디에도 마을은 보이지 않았다. 나는 아이를 내려놓으며 빵 하나를 꺼내어 건네주었다.

"애! 이거 먹어."

아이는 아무 말 없이 굴참나무에 기대어 앉아 빵을 한 입 베어 물었다. 물병을 들어보이자 고개를 살며시 뒤로 젖히고는 입을 벌리고 있었다.

"많이 먹어."

아이는 또 한 입 빵을 먹고 물을 마셨다. 나는 주위에서 넝쿨 잎을 따다가 아이의 머리 위에 올려 주었다. 아이는 빵 하나를 다 먹지도 못하고 반이나 남겼다. 더 먹고 힘내라고 해도 그만 먹을래. 하며 고개를 가로저었다. 나는 먹고 남긴 빵을 다시 비닐로 싸서 가방에 넣었다.

"아저씬 안 먹어?"

"난 배 안고파."

배가 안고픈 것은 아니었지만 내가 먹기에 남은 음식이 너무 부족했다. 그리고 나는 산에서 먹을 것을 구하는 것에 큰 어려움이 없었다. 계곡에는 다래도 있고 머루도 있고 더덕 같은 맛은 시어도 몸에 좋은 것들이 산에는 많이 있다.

"여기선 마을이 안보여. 우리 조금만 더 올라가보자."

나는 다시 아이의 앞에 등을 돌리고 앉아 아이를 업어 올렸다. 아이는 또 등에 엎드려 새근새근 잠이 들었다. 사람들은 왜 산에 오르는 걸까? 무엇을 생각하며 오르는 것일까? 하나의 봉우리에 올라 머무르는 시간은 잠시 뿐인데……. 거기서 맞는 바람도 잠시 뿐인데 왜 사람들은 오랜 시간을 땀을 흘려가며 산을 오르는 것일까? 폭포를 지나 산이 험해질수록 자꾸만 뒤를 돌아보았지만 내 마음 속엔 아이를 해바라기 마을로 데려다주고 싶다는 마음이 있었다. 만일 그 마음이 없었다면 아이를 업고 산을 오를 수 있었을까? 어쩜 다른 사람들도 마찬가지는 아닐까?

한발 씩 다음 봉우리를 오르며 이런저런 많은 생각이 들었다. 중간에서 돌아갔다면 아무 것도 남지 않고 다시 원점으로 돌아갔을지도 모른다는 생각……. 매미처럼 등에 달라붙은 아인 다음 봉우리에 오를 때까지 한 번도 깨지 않았다. 내 몸은 온통 땀으로 젖었고 입에선 단내가 났다. 계곡도 만나지 못했고 다래 넝쿨도 만나지 못했다. 그래도 아직까진 견딜 만 했다. 적어도 난 어른이고 고기잡이를 하며 참을성도 많이 키워왔으니까. 그 보단 새털보다 가벼운 아이 생각만

했다.

두 번째 봉우리엔 자작나무가 자리해있었다. 꽃이 떨어진 철쭉나무도 있고 햇볕이 잘 드는 곳이었다. 나는 아이를 근처 큰 바위 뒤쪽 그늘진 곳으로 가서 내려놓았다.

"아저씨 배고파!"

아이에게 새 빵을 뜯어 건네주었다. 물병을 들어보이자 또 고개를 젖히고 입을 벌렸다. 아인 또 빵을 반밖에 먹지 못했다.

"조금 더 먹어"

"아냐 괜찮아. 아저씨도 먹어."

"난 아까 올라오며 많이 먹었어."

아인 말없이 주위를 둘러보더니 내 손을 잡고 봉우리 가장자리로 갔다. 그리고는 계곡 한 곳을 손으로 가리키며 말을 했다.

"여기서도 마을은 보이지 않지만 저기 계곡은 첨 올라올 때 본 계곡은 아닌 것 같아. 사람은 물이 없으면 살지 못하니까 저 계곡을 따라가 보면 마을이 나타나지 않을까?"

나도 아이의 생각에 찬성했다. 내가 살던 곳도 여러 줄기의 계곡이 만나 이루어진 강이 있는 곳이었다. 그리고 깊은 산 곳곳에도 계곡이 있는 곳엔 어김없이 몇 안 되는 집이어도 마을이 존재하고 있었다.

내려오는 길은 한결 수월했다. 햇볕도 그렇게 따갑지 않았고 물도 마음껏 마실 수 있었으며 무엇보다 다래 넝쿨을 만나 혀가 따가울 정도로 많이 먹었다. 잘 익은 다래 하나를 따서 아이에게 주자 아무 생각 없이 받아먹던 아이는 양미간을 찡그리고는 너무 셔 하고 말하는 것이었다. 그래도 아이는 다래를 세 개나 먹었다.

이상한 일이었다. 계곡을 돌아 내려오자 산봉우리에선 보이지 않던 마을이 나타난 것이었다. 그리 크진 않았지만 시장이 있고 상점들이 있는 작은 도시쯤 되었다. 아이를 업은 내 발걸음이 가벼웠다. 비록 해바라긴 보이지 않았지만 마을을 만났다는 것만으로도 기분 좋은 일이었다.

3. 수족관 할아버지

아이는 보이는 모든 것에 관심을 가졌다. 특히 담장을 따라 올라가는 담쟁이 넝쿨을 보며 한참이나 그 앞에서 지켜보더니 담쟁이 넝쿨은 마음이 좋은 나무라고 말했다. 그리고 참 가엾다고도 말했다.

"얘는 혼자서는 살 수 없는가봐. 줄기가 너무 약해서 일어설 수도 없을 것 같아. 그래서 얘는 차가운 담장 옆에 서서 담장과 함께 하는가봐. 담장은 얘 때문에 더위도 피할 수 있고 비도 피할 수 있잖아. 그러니 얼마나 착하고 가여운 나무야."

아이는 그 앞에 쪼그리고 앉아 다시 말을 이었다.

"하지만 사람들은 달라. 나와 다른 사람에 대해선 편견을 가지거든. 특히 나보다 못한 사람이나 무엇인가에 대해선 무시하기도 해. 모두 다르다는 것을 인정하지 않고 모두 자신의 기준에만 맞추어 살지. 좀 더 나은 사람 앞에선 목소리가 작아지고 그러잖아. 얘네는 서로 다르지만 이렇게 하나가 되어 아름답게 살고 있어. 난 사람들도 그랬으면 좋겠어."

아이가 사는 별에도 두 부류의 사람들이 있다고 했다. 한 쪽은 꽃을 심는 사람들이고 한 쪽은 마법사의 말에 복종하며 사는 사람들이라고 했다. 그래서 그들은 도망 다니고 쫓으며 화합하지 못한다고 더 말해주었다. 아이는 안녕하며 넝쿨에게 인사를 하고는 다시 길을 나섰다.

시장엔 제법 많은 사람들이 물건을 사고팔려고 나와 있었다. 생선가게, 옷가게, 쌀가게, 선물가게, 시계가게, 신발가게……. 이곳에선 흔한 광경이지만 아인 하나도 빠트리지 않고 유심히 살펴보았다. 특히 아이가 관심을 가진 곳은 물고기를 파는 수족관 집이었다.

"아저씨 우리 저기 들어가 보자."

아이 손을 잡고 가게 안으로 들어서자 늙은 할아버지 한 분이 자리에서 일어나 인사를 건네 왔다. 할아버진 머리카락이 하얗고 수염이 멋있게 나신 분이었는데 얼굴이 참 인자해보였다. 아인 수족관 집 안을 천천히 둘러보더니 새끼 거북이 있는 어항 앞에서 발걸음을 멈추었다. 그렇게 얼마나 지났을까? 아인 할아버지께 이렇게 말을 했다.

"저기 애들 저에게 주세요."

할아버진 가만히 아이를 바라보았다. 아이도 그런 할아버지를 가만히 바라보았다. 할아버지가 말을 꺼냈다.

"이곳은 물건을 팔고 사는 시장이란다. 거북도 마찬가지야. 난 저 거북을 팔아서 먹고 살지."

그러자 아이는

"팔고 사는 게 뭐에요?"

"그것은 여기 사람들이 살아가는 방식이지. 난 거북을 팔고 받은 돈으로 쌀도 사고 옷도 사고 그래. 만일 그렇지 못하면 난 입을 옷도 구하지 못할지 몰라."

아이는 고개를 갸우뚱했다. 그리고는 거북을 보며 다시 말을 이었다.

"참 이상해요. 얘네들은 여기 있어야하는 것이 아니라 강이나 바다에서 살아야 하는데……. 왜 사람들은 얘네들을 잡아와서 다른 무엇인가와 바꾸려하죠. 얘네들도 엄마아빠가 있고 또 자라서는 새끼도 낳으며 살 텐데……. 아닌가요? 할아버지!"

할아버진 인자한 표정으로 잠시 생각을 하시더니 아이에게 물었다.

"넌 참 착한 아이구나! 만일 할아버지가 얘네를 너에게 주면 바다에 가서 놓아줄거니?"

"네, 다만 지금 얘네는 기운이 없어 보여요. 제가 조금 보살피다가 건강해지면 넓은 바다에 가서 보내주려구요."

"그런데 말이다. 혹시 말이야. 아직 어린 얘네들이 넓은 바다에 가서 먹이를 찾지 못해 굶어 죽든가 아님 힘센 다른 물고기에게 잡히면 어떡하지? 바다에는 얘네들을 잡아먹는 물고기가 많단다. 하늘에서도 새들이 날아와서 잡아먹기도 해."

아인 할아버지를 돌아보며 말했다.

"저는 산다는 것이 뭔지 몰라요. 소유한다는 것과 같다고 보면 되나요? 만일 그런 것이라면 전 가엾다는 생각이 들어요. 새는 하늘을 날아야하고 물고긴 물속에서 자유로이 헤엄치며 살아야하죠. 내가 좋다고 다른 무엇인가의 자유를 빼앗아 버리는 것은 잘못된 것이라 생각해요. 만일 누군가가 제 머리카락이 예쁘다고 저를 어딘가에 가두어 버린다면 전 아마 슬퍼서 죽을지도 몰라요. 소유하려는 마음이 곧 욕심이 아닐까요? 욕심은 사람을 참 무섭게 만들었어요. 전 그것이 무서워요."

할아버진 무릎을 꿇고 아이 앞에 앉아서 눈높이를 맞춘 다음 아이의 손을 살며시 잡았다.

"그래 너에게 이 거북을 줄게. 쉽게 들고 다닐 수 있게 작은 어항에 넣어서 줄 테니 슬퍼하지 마렴. 하지만 이것이 여기서 살아가는 방식이고 할아버진 물고길 팔지 않고는 살 수 없어. 이해해주겠니? 가지고 가서 잘 키운 다음 넓은 바다를 만나거든 보내주렴."

할아버진 손잡이가 달린 플라스틱 어항에 약간의 모래와 물을 넣고 거북 두 마리를 함께 넣어주었다. 아이는 할아버지께 저는 할아버지께 줄 것이 없다고 말했지만 할아버진 너의 마음이면 충분하다고 말해주었다. 할아버진 아이와 내가 사라질 때까지 내 손에 들여진 거북이 보이지 않을 때까지 가게 문 앞에 서서 손을 흔들고 있었다. 난 아이에게 다시 한 번 말해주었다.

“슬퍼하지 마. 나도 물고기를 잡아서 시장에 팔거든. 심지어 여기서 파는 야채도 다 생명이 있긴 마찬가지잖아. 하지만 사람들이 살려면 어쩔 수 없으니까…….”

아이는 그랬다.

“어쩔 수 없다는 것이 그런 현실이 난 슬픈 거야!”

4. 염색공장 관리인

수족관을 나온 후 아이와 난 다시 마을길을 따라 들어갔다. 집들이 거의 사라져갈 즈음 회색빛 건물이 눈에 들어왔다. 일반 집과는 다르게 규모가 제법 큰 건물이었고 건물 외벽은 군데군데 갈라져있었다. 그리고 기계 돌아가는 소리가 시끄럽게 들려왔다. 부지런히 무엇인가를 나르는 사람들의 바쁜 움직임과 건물 밖으로 흘러나오는 썩은 폐수가 악취를 풍기고 있었다. 아이는 바삐 움직이는 사람들 속으로 걸어들어 갔다. 그곳은 염색공장이었다.

사람들이 입는 옷에서부터 이불 또는 둘둘 말린 커다란 천 뭉치를 각각의 염료를 이용해서 색을 입히는 곳이었다. 하지만 큰 통 속에 담긴 염료는 얼마를 사용한 것인지 악취가 심했고 일하는 사람들의 몸에도 염료가 입혀져 있었다. 아인 나에게 이렇게 말했다.

“내가 살던 곳엔 검정콩이 많았어. 그것을 이용하면 옷에 색깔을 입힐 수 있는데 이렇게 고운 색으로 변해. 물을 끓이고 걸러내고 번거롭긴 하지만 끓인 콩은 음식으로도 사용할 수 있어서 버리는 것이 없어. 저렇게 악취도 나지 않고……."

그것은 나도 첨 알게 된 일이었다. 검정콩으로 옥색을 만든다는 것이 얼핏 이해가 되지 않았지만 검붉은 오디를 먹다가 보면 손바닥이 보랏빛으로 변하는 걸 생각하니 그럴 수도 있겠구나 하는 생각이 들었다. 아이는 염색공장안을 구경하고 싶다고 말했다. 나는 아이의 손을 잡고 조심스레 안으로 더 들어갔다. 그 안엔 관리자인 듯한 사람이 서서 인부들에게 무언가 지시를 하고 있었다. 구석에 염료 원액으로 보이는 통이 가득 쌓여있고 큰 원단을 나르는 기계가 바삐 움직이며 염료 통으로 원단을 넣고 있었다. 그러면 사람들은 발로 밟기도 하고 손으로 당기기도 하고 또는 시멘트 바닥으로 꺼내어 물을 붓기도 하며 숨 쉴 틈도 없이 움직였다. 저렇게 많은 양의 염료와 원단을 쓰는 것은 나로서도 첨보는 광경이었다. 하지만 그 방법이 썩 좋아보이지는 않았다. 관리자인 듯 한 사람이 우리와 눈이 마주치자 의아한 듯이 쳐다보더니 우리에게로 다가왔다. 튀어나온 배가 걸을 때마다 흔들거렸다. 머리는 벗겨지고 눈은 단추 구멍만큼 작은데 금테 안경을 쓰고 이마에는 굵은 땀방울이 송골송골 맺혀있었다. 하지만 생김새와는 다르게 비교적 말투가 점잖은 사람이었다.

"여기는 어떻게 오셨죠?"

나보고 하는 말이었다. 그 때 아이가 관리자를 향해

"염색하는 것 저도 좀 가르쳐 주실래요?"

그러자 관리자는

"그것이 궁금한 모양이구나! 하지만 여긴 덥고 지저분하고 힘들어서 옆에 있기도 힘들 텐데……."

라고 말했다.

"괜찮아요. 그냥 멀리서 구경만 할 거니까요. 그래도 되죠? 아저씨가 좀 가르쳐주시면 더 좋고요."

그 말을 들은 관리자는 아이의 머리카락을 보며

"네 머릿결이 참 곱구나! 이런 색을 만들 수 있다면 좋겠는데."

라고 말했다. 어쨌거나 관리자의 허락 하에 염색공장 안을 자세히 볼 수 있게 되었다. 그날은 도시의 어느 큰 기업 기숙사에 납품할 초록색 원단 염색작업이 한창이었다. 염색액은 새까맣게 변해있었는데 이상하게도 그곳에 담갔다가 몇 가지 작업을 마치니 거짓말처럼 초록색의 원단으로 변하는 것이었다. 그래서 난 아이에게

"넌 신기하지 않니? 어떻게 저렇게 더러운 물에서 초록색의 색깔이 나오는지 말이야."

하지만 아인 아무 말이 없었다. 그러더니 한참 후에야

"아저씬 초록색이라고 했지만 내가 보기엔 어둡게만 보여."

"그게 무슨 말이니?"

"난 저기서 나는 냄새를 생각했어. 그리고 사용하고 함부로 버려지는 염료를 생각했어. 아마 저것이 강물로 흘러 들어가면 많은 물고기

들이 죽겠지. 심지어 강가의 꽃이나 나무들도 죽을지 몰라. 그래서 마음이 무거워."

이야기를 듣고 있던 관리자가 가만히 말을 이었다.

"안타까운 일이지만 우리 같은 영세업자들에게 정화시설을 갖추는 것이란 하늘의 별을 따는 것만큼 힘든 것이란다. 너무 많은 돈이 들어가거든. 그 돈을 회수하려면 10년도 더 걸려야 해. 그래서 엄두도 못 낸단다."

아인 새치름한 표정으로 관리자를 보더니 이렇게 말을 했다.

"아저씬 10년만 이 일을 하실 모양이에요?"

관리자는 순간 당황했는지 말을 머뭇거렸다.

"그런 것은 아니지만 당장 내년이면 염료 가격이 오를 지도 몰라. 그럼 10년이 11년이, 11년이 12년이 될 수도 있고 장사가 안 되면 20년이 될 수도 있어."

"사람들은 이상해요. 왜 내일을 어둡게 생각하죠. 아무도 알 수 없는 일인데……. 내일이 장사가 더 잘 될 수도 있잖아요. 제가 보기에 이렇게 해서 돈이라는 것을 모을 수 있을지는 모르지만 좋은 사업가는 되지 못할 것 같아요. 내가 돈이란 걸 벌기 위해서 너무나 많은 희생을 강요하고 있으니까요. 이 폐수가 흘러가는 물은 마을로도 이어지는 물인데……. 아저씬 이 마을에 살지 않으세요?"

그러자 관리자는

"그럼 어떡하면 좋겠니? 너 말대로 내일 장사가 잘 될 수 있을까?

지금 이 상황에서도 내일 납품해야할 것을 맞추기가 힘든데 그래도 남는 것이 별로인데 괜찮을까?"

"글쎄요……. 잘 모르겠어요. 하지만 만일 제가 아저씨라면 내일을 걱정하며 오늘 할 일을 미루진 않을 거예요. 혼자서는 살 수 없듯이 함께 해야 하는 거잖아요. 먼저 더러운 물이 나가는 것을 막고 일하시는 분들께도 좀 더 좋은 작업환경을 만들어줘야 할 것 같아요. 아세요? 거울은 먼저 웃지 않는다는 걸요. 보고 있는 내 자신이 먼저 웃어야 웃는다잖아요. 좋은 환경이면 더 좋은 염색이 가능할 거예요. 일하시는 분들의 몸과 마음이 청결하면 만들어지는 물건도 그렇게 될 거에요. 20년 걸린다면 30년 사업하시면 되잖아요. 아저씨 아이에게 물려주면 되고요. 아닌가요? 저 같으면 혼자 사는 사람이라 비난받는 것 보단 이익이 적게 남더라도 좋은 사람이라는 소릴 듣는 것이 더 행복할 것 같아요."

"네 옷은 어디서 산 거니?"

"제 옷은 산 게 아니에요. 엄마가 만들어 주셨고 엄마가 검정콩으로 염색해주신 거예요. 오래 입어도 변함이 없어요. 염색하고 남은 물은 식물의 그름이 되기도 했는데요."

관리자는 골똘히 생각 속에 빠져들었다. 머리를 긁적이고 안경을 만지고 혼자 뭔가 열심히 계산을 하는 것 같았다. 그리고는 아이를 향해 기분 좋게 이렇게 말을 했다.

"그래, 네 말대로 하지……. 안 그래도 마을 사람들에게 참 미안했거든……. 생각은 하면서도 잘 되지 않았어. 이번에 며칠 문을 닫고 정화시설도 짓고 작업현장도 새로 손봐야겠어. 그렇게 해볼게."

관리자는 멋쩍은 듯이 머리를 긁적이며 웃어보였다. 아이는 다시 말을 했다.

"아저씨도 아저씨가 만드는 염색된 원단을 보며 아름다움이 느껴졌으면 좋겠어요. 이것은 무슨 색 무슨 색 하는 것 보단 그 색 속에 올바른 마음과 아름다움이 담겨져 있었으면 좋겠어요. 그럼 저는 아마 길을 가다가 원단을 싣고 가는 차만 봐도 아저씨가 떠오를 거예요."

관리자는 기분이 아주 좋아보였다. 멀리에서 아이의 얘기를 듣던 인부들도 모두 웃고 있었다. 그리고는 돌아서는 아이를 향해 환한 웃음으로 손을 흔들어 주었다. 손에 들려진 어항이 무겁지가 않았다.

5. 마라톤 선수

염색공장을 나온 우린 마을 뒤편으로 이어진 길을 따라 다시 길을 나섰다. 길옆으로 하얀 들꽃이 소박하게 피어있고 그 위를 하얀 나비가 한가로이 노닐고 있었다. 염색공장 관리자의 말로는 이 길을 따라가면 중소도시가 나온다고 했다. 그 도시를 지나 남쪽으로 조금 더 가면 예전에 어떤 사람이 해바라기 농장을 했다는 마을이 나온다고도 알려 주었다. 그 마을이 아이가 찾는 마을일지는 모르지만 어찌되었건 해바라기가 있다는 얘기만으로도 발걸음을 한결 가볍게 해주었다. 길은 비교적 잘 다듬어져 있었다. 포장은 되어있지 않았지만 자동차도 다닐 수 있을 정도로 평탄하고 정감 있는 길이었다. 아이는 또다시 내 등에 업히었다. 새벽녘에 만나 하루 종일 산속과 마을을 걸으며 지나왔으니 지칠 만도 했다. 나는 가방을 어깨에 메고 아이를 업고 어항은 뒤로해서 두 손으로 잡았다. 다소 불편하기도 했지만 아이가 업은 듯 만 듯 가벼워 힘들다는 생각은 들지 않았다. 아니 태어나 첨으로 이렇게 작은 아이를 업어봤으니 그 느낌만으로도 행복했다는 말이 맞을지도 모른다. 어쩜 자식을 업고 키우는 부모의 마음이 이렇지는 않을런지…….

늦은 오후 해는 아직 따가웠다. 나는 계곡 옆에 핀 머위줄기를 하나 꺾어서 내 등과 아이의 가슴 사이에 꽂아주었다. 머위 잎은 잎사귀가 넓어 작게나마 아이를 햇살로부터 막아줄 수 있을 것 같았다. 그렇게 나는 한발자국씩 앞으로 무작정 걸어 나갔다. 얼마나 지났을까? 해는 서산으로 조금씩 기울기 시작했다. 그때서야 아이는 큰 숨을 한 번 들이쉬고는 잠에서 깨어났다.

"아저씨 나 이제 걸을게."

다리를 굽히고 앉아주자 아인 사뿐히 바닥에 내려서서 내 손을 잡았다.

"힘들지? 나 업고 다니느라?"

"아니……. 누군가를 업고 다니는 것이 지금처럼 행복한 줄 몰랐어. 전혀 힘들지 않아. 나보다 네가 피곤해 보인다."

아인 환한 미소를 띠며 씩하고 웃어보였다. 아이를 만난 후 이렇게 밝은 모습을 보기는 첨이었다. 어떤 미소가 저처럼 예쁠 수 있을까? 아이의 미소는 가슴을 설레게 하고 행복하게 했다.

"아저씨!"

"응."

"난 말이야, 솔직히 많이 걸어보지 못했어. 내가 살던 곳에서도 늘 마차를 타고 다녔거든. 내가 타던 마차는 화려하지 않고 참 소박했어. 떡갈나뭇잎으로 지붕을 만들고 의자엔 볏짚으로 자리를 짜서 올려놓았어. 마차를 끌던 말은 갈퀴가 긴 적갈색의 말이었는데 나 외에는 아무도 따르지 않았어. 언제나 내 곁에서 함께 해주었지……. 하지만 보지 못한 지 꽤 오래되었어."

내가 한걸음 걸을 때 아이는 두세 발 씩 걸어야 했다. 그래서 나는 아주 느리게 아이의 걸음에 맞추어 주었다.

"네가 살던 마을 이야기 좀 해줄래? 괜찮다면……."

"괜찮아. 내가 살던 곳에는 못된 왕비가 살아. 예전엔 아니었는데 지금의 왕비는 마법사야. 사람을 개구리로도 만들고 돌로도 만들었어. 왕비는 성안의 시종으로 변신하여 왕에게로 다가가서 마법의 약을 이용해 평생 깨어나지 못하는 돌로 만들어버렸어. 그리고는 왕의 가족들을 성에서 가장 먼 곳으로 쫒아버렸지. 먼 곳이라 봤자 마차로 반나절 거리야. 말했지만 내가 살던 별은 마차로 하루면 한 바퀴를 돌 수 있으니까. 왕의 가족들은 그곳에서 살던 사람들과 함께 해바라길 심었어. 콩도 심고 밀도 심고……. 왕비는 그런 사람들이 미웠지만 모두를 개구리로 만들 수는 없었어. 그럼 밀농사를 지을 사람도 없고 과일을 재배할 사람도 없게 되니까. 그래서 왕비는 가끔씩 별에서 한 명씩 추방을 시켰어. 나도 그중 하나야."

물론 나는 그 먼 곳에서 풍선을 타고 왔다는 것에 의문이 가지 않는 것은 아니었다. 그러나 그렇게 과학적인 시각에서만 아이를 보고 싶지는 않았다. 그렇다면 우린 평생을 가도 가까운 은하계에도 가지 못한다는 절망감에 빠지고 말테니까.

아이는 별에 남겨져있는 말이 걱정된다고 했다. 말을 듣지 않는다고 혼나지는 않는지 밥은 제대로 먹고 있는지 그것이 제일 걱정이라고 했다.

그때 저 멀리서 운동복 차림의 남자 하나가 열심히 뛰어오고 있었다. 나는 그 사람에게 다음 마을까지 거리가 얼마나 되는지 물을 생각이었다. 조금씩 가까워지는 남자의 몸은 땀으로 젖어있었고 가쁜 숨을 내쉬고 있었다. 우리 곁을 지나갈 즈음 조심스레 불러보았다.

"아저씨! 말씀 좀 여쭐게요."

남자는 걸음을 멈추지는 않고 제자리에서 뛰며 고개를 돌렸다.

"다음 마을까지 이렇게 가면 얼마나 걸리나요?"

남자는 약간 걱정스러운 표정으로 말했다.

"제가 지금 거기에서 출발해 3시간을 뛰었답니다. 지금 걸음걸이로 가서는 내일 아침쯤은 되어야하지 않을까 생각하네요."

"그렇게나 머나요?"

"가까운 거리는 아니죠. 20km가 넘으니까요. 그럼 이만……."

남자가 다시 뛰어가려했다. 그때 아이가 남자를 불렀다.

"아저씨!"

남자는 귀찮은 내색 없이 고갤 돌려 아이를 봤다.

"왜 그러니?"

제자리 뛰기를 멈추지 않는 남자를 보며 아이가 물었다.

"왜 뛰세요?"

남자는 잠시 생각을 하는 것 같았다. 그리고는 약간은 답답한 듯 이렇게 말을 했다.

"난 네가 가려는 마을의 마라톤 대표선수란다. 그런데 아직 이웃 여러 마을 선수들과의 경쟁에서 한 번도 1등을 해보지 못했어. 그래서 열심히 운동하는 거란다."

"1등을 못해서 운동한다고요?"

"응."

"왜 1등을 해야 해요?"

"1등을 해야만 전국대회에 나갈 수 있고 거기서 또 1등을 해야 세계대회도 나갈 수 있고 그렇게 해야 돈도 벌 수 있거든. 나처럼 운동선수들은 젊을 때 밖에 운동할 시간이 없어. 나이 들면 운동해서 대회 나가기가 쉽지가 않거든."

아이는 한참을 골똘히 생각했다. 그리고는 혼잣말처럼

'제 별의 왕비는 나쁜 짓 한 걸로 따지면 1등인데'

아이가 다시 말을 이었다.

"여기 사람들은 모두 다 이상해요. 왜 하나같이 돈이라는 것과 모든 것이 연결되어있는지 모르겠어요. 운동은 그냥 운동으로만 생각하면 안 되나요? 열심히 연습해 서로 달려보는 게임정도로 생각하면 안 되나요? 사람마다 다 틀린데……. 노력만 가지고 다 되는 것도 아닌데……. 1등만 인정받는 것이라면 나머지 사람들은 너무 슬프잖아요. 채소를 팔아도 돈, 물고기를 팔아도 돈, 염색을 해도 돈, 운동을 해도 돈……. 모두가 돈 때문이에요. 이곳은 사람보다 돈이 더 중요한가 봐요."

그러자 운동선수는 앞서 수족관 할아버지와 염색공장 관리인이 했던 말과 똑같은 말을 했다.

"어쩔 수 없지만 이것이 현실이니까……. 너 말처럼 어릴 적 친구들끼리 하는 놀이 정도로 생각하고 살 수 있으면 좋겠지만 현실은 그렇지 못하니까. 만일 그렇다면 우리가 사는 것도 발전하긴 힘들 거야."

"그래도 전 1등이 되지 못하는 다른 사람들이 불쌍해요. 어쨌거나 아저씨 열심히 운동하세요. 그래서 이번 대회에선 아저씨 말대로 1등 하시길 바랄게요. 그래서 행복하시길 또 바라요. 저는 1등이나 꼴지나 또는 현실 속이든 아니든 모든 사람들이 제각각의 삶에서 행복했으면 좋겠어요. 저는 아저씨가 정말 1등을 해서 행복했으면 좋겠어요."

운동선수는 약간은 서글픈 듯한 표정을 지으며 아이에게 말했다.

"그래 열심히 노력할게. 결과보단 내가 해야 할 일이니까 최선을 다해볼게. 그럼 좋은 결과가 있겠지. 하지만 1등을 못한다 해도 슬퍼하진 않을 거야. 1등한 사람을 더 크게 박수 쳐주려해. 조심해서 가렴. 아직 갈 길이 멀단다."

그리고는 나와 가볍게 인사를 하고는 우리가 떠난 마을 쪽으로 다시 뛰기 시작했다. 그 모습을 보며 아인 저 아저씨가 이번에 1등을 못해도 좌절하지 않았으면 좋겠다고 했다.

다시 걸음을 옮겼지만 얼마가지 못해 날이 어두워졌다. 가로등이 없는 길은 초행길인 우리에겐 쉽지 않은 길이었다. 나는 아이와 밤을 지새울 곳을 찾아야했다. 달빛과 별빛에 의지해 주위를 살피다가 길옆 나무 밑에 널찍한 바위 하나가 있는 것을 발견했다. 나는 가방을 벗어 바위 위에 올려놓고 아이를 앉혔다. 그리고 아이 몰래 빵집에서 새로 산 빵 한 조각을 아이에게 건네주었다. 난 낮에 아이가 먹고 남긴 빵을 꺼내어 같이 먹었다. 반쪽 하나 남은 것은 거북 먹이로 남겨두었다. 그날 밤 아이는 내 품에 안겨 잠이 들었다. 나는 나무에 등을 기대고 앉아 무릎에 아이를 앉히고는 그대로 잠이 들었다. 아침에 일어났을 때 다리가 움직여지지 않아 한참 고생을 했다. 만났던 운동선수가 다시 돌아오는 것을 아이나 나나 보지 못했다. 아마도 우리가 잘 때 운동선수는 조심스럽게 지나갔을 것이다.

6. 도배장이

염색공장 관리인 말처럼 다음에 만난 마을은 규모가 제법 큰 도시였다. 우리가 제일 먼저 본 것은 주택 한편에서 길 잃은 고양이 한 마리가 쓰레기통을 뒤지고 있는 모습이었다. 한참 정신없이 무언가 먹고 있더니 우리 발자국 소리에 놀라 쏜살같이 어디론가 도망을 갔다. 그곳에도 꽃은 피어있었고 내리쬐는 햇볕은 똑같았다. 멀리 산 위로는 바람이 부는지 굴참나무 잎이 이리저리 흔들리고 있었다. 뒤집어졌다 바로 섰다 하는 모습이 마치 아카시아 꽃이 피어있는 듯한 착각에 빠지게 했다. 하지만 이 마을에는 이전 마을처럼 시장이 열리지는 않았다. 대신 대형 슈퍼마켓이 있었다. 난 대형 슈퍼마켓에 대해서 아이에게 설명해주었다. 그랬더니 아인 넓은 시장이 어떻게 저 안에 다 들어 가냐며 신기해했다.

어느 건물 앞에 다다랐을 때 건물 안에선 무슨 공사가 진행되고 있는 듯했다. 사람들의 노랫소리도 들리고 삐거덕 거리는 소리도 들리고 밖에는 집안에서 나온 듯한 쓰레기가 쌓여있었다. 아이는 또 무엇이 궁금한지 건물 밖에서 안을 가만히 들여다보고 있었다. 안에선 네 명의 인부들이 일을 하고 있었는데 작업하는 것으로 보아 집안 도배를 하는 것 같았다. 가만히 보고 있던 아이가 누군가를 불렀다.

"아줌마!"

시끄러워서일까 아님 아이의 목소리가 작아서일까 아인 다시 한 번 누군가를 불렀다.

"아줌마!"

그때서야 아이의 소리를 들은 사람이 고개를 돌리는데 아줌마가 아니고 아저씨였다. 그런데 그 아저씬 아이를 보자말자 이렇게 말했다.

"너 몇 살이야?"

그러자 아인

"다섯 살이라고 생각하세요."

하고 대답했다.

"뭐! 오 살?"

하며 손가락 다섯 개를 펴 보였다. 아인 아니요 다섯 살이라고 생각하라고요 하고 다시 말했지만 아저씬 또다시 오 살? 하며 놀리고 있었다.

"아저씨도 장난꾸러기네요."

긴 머리 아저씬 그제야 아이를 보며

"왜 그러니? 꼬마야."

하고 아이의 물음에 대답을 했다.

"지금 뭐 하세요?"

"도배하는 거야."

"종이가 예뻐요."

"그래서 사람들은 천사 다음으로 우리를 좋은 사람들이라고 하지……. 우리가 한 번 지나가면 헌집도 새집이 되거든."

"그런데 아저씬 왜 머리를 길러요?"

"그럼 넌 왜 그렇게 예쁘니?"

아저씨의 말에 아이가 고개를 푹 숙였다. 기존에 작업되어 있는 종이는 제거를 하고 들어난 벽엔 냄새가 나는 무엇인가를 바르고 말린 다음 새로운 벽지에 풀칠을 하여 부치기를 반복했다. 사람들 옷엔 하나같이 풀과 무엇인가가 묻어 더러웠고 곰팡이며 먼지에 머리가 뿌옇게 변해있었다. 창가에 고개를 내밀고 아이와 얘기하는 긴 머리 아저씨를 보며 다른 사람들이 빨리 일하라고 소리를 쳤지만 그 아저씬 그런 말엔 아랑곳 하지 않고 아이와 얘기를 계속했다.

"너 참 예쁘게 생겼다. 나도 멋지지 않니?"

"아뇨 아저씬 징그럽게 생겼어요."

"뭐! 나랑 결혼하고 싶다고? 어머 난 그렇게 들었는데…….어쩌나!"

아이가 오랜만에 큰 소리로 웃었다.

긴 머리 아저씬 방에서 잠시 나와 아이 손을 잡고 마당 한 쪽에 있는 의자로 데리고 갔다. 긴 머리 아저씬 자기에게도 아이만한 딸이 있다고 했다. 하지만 지금은 볼 수 없다고도 말했다. 더 이상은 말하지도 않았고 아이도 물어보지 않았다.

"아저씬 행복하세요?"

"행복? 글쎄 행복이 뭔지 잘 몰라. 그냥 열심히 사는 거야. 행복은 마음속에 있는 거 아닐까?"

"이 일에 만족하시나 봐요?"

"그냥 하는 거지. 인생 뭐 있니? 그냥 사는 거지!"

그리고는 또 웃었다.

"사람들은 우리를 보고 현장일 한다고 때로는 하찮게 보기도 해. 하지만 말이야 우린 우리가 하는 일에 만족을 하고 있단다. 왜? 우린 천사 다음으로 좋은 사람들이니까. 우리들은 우리 몸뚱이가 재산이야. 어디라도 아프면 일을 못하고 일을 못하면 돈을 벌지 못해. 그럼 아이를 키우기도 힘들어지지. 욕심을 부린다고 되지도 않아. 그래서 여기 있는 사람들은 현실에 만족할 줄 아는 마음을 먼저 배우기도 한단다. 아니면 불행하거든. 난 그렇게 생각해. 욕심이 있는 한 성공은 없다고 말이야."

"아저씬 내가 만난 사람 중에선 그나마 저랑 생각이 통하는 편이지만 아저씨 역시 돈을 벌려고 일을 하는 군요."

"뭐! 나를 사랑한다고? 너 자꾸 왜 그러니?"

참 못 말리는 사람 같았다.

"아이야. 나도 나에게 남는 것 주고 내가 필요로 하는 거 바꿀 수 있으면 좋겠어. 그럼 이렇게 살 필요도 없지. 하지만 세상은 자꾸 넓어지고 사람은 많아지고 그러다보면 규칙과 질서라는 것도 생기게 마련이지. 그것이 무너진다면 세상은 돌아가지 못해. 돈이라는 것은 우리가 살아가는 데 필요한 하나의 수단일 뿐이야. 그것을 이용해서 필요한 것과 바꾸는 것이니까."

"그럴지도 모르죠. 조금은 이해를 할 것 같아요. 하지만 전 아직도 마음이 아파요."

"여기 있는 사람들 모두 마음속엔 하나씩의 희망이 있단다. 소망이 있어. 아이를 키우겠다는 생각, 나보단 나은 사람으로 만들겠다는 소망, 그것을 보며 살고 있지. 넌 멀리서 온 아이 같구나! 좋은 여행 되렴."

"아저씨도 행복했으면 좋겠어요. 아이도 다시 만나고…….행복하세요."

"그럼! 참 한 가지 빠트린 것이 있는데 나 아줌마 아니거든! 그리고 날 사랑하지 마! 나 좋아하는 사람들이 많아서 무지 피곤하니까."

첨으로 아이의 얼굴에서 엷은 미소를 본 날이었다. 힘든 일을 하면서도 웃음을 잃지 않고 살아간다는 것 그리고 저마다 하나의 소망을 가지고 산다는 말, 집 안으로 들어선 아저씨의 노랫소리가 골목을 울렸다.

7. 병원장례식장

다음으로 우리가 찾게 된 곳은 병원이었다.

나중에 안 사실이지만 그 사람에겐 아내와 딸아이가 있었다. 건강

검진 차 들렀던 병원에서 식도암 말기 판정을 받은 후 3개월을 넘기지 못하고 숨을 거두었다고 했다. 장례식장에서 만난 사람들 말로는 1년 전에 겨우 집을 사고 차를 사서는 좀 살만 하니까 갔다면서 모두들 안타까워했다.

그는 도장공이었다. 건물 외벽이나 실내에 페인트를 칠하는 사람으로 30년을 그 일만 했다고 한다. 그리고 환갑잔치도 하지 못하고 숨을 거두게 된 것이었다. 명문 고등학교를 나올 만큼 수제였던 그 사람은 가정 형편상 대학진학을 포기하고 기업 사무 팀에서 10년가량 일도 했지만 적응하지 못하고 도장공의 길을 걷게 되었다고 한다. 그때는 그 생활이 꼭 누군가를 밟고 올라서야만 되는 조직처럼 보였다는 것이었다. 그것이 싫어 다른 길을 택하였지만 사람 사는 곳이 어디라고 달랐을까? 늘 괜찮다 하면서도 정작 자신이 의지할 수 있었던 건 술뿐이었다고 한다. 많이 먹지 않는 것에 사람들도 애써 말리지는 못했지만 가랑비에 옷 젖는다는 말처럼 30년을 이어온 음주는 그만큼 그의 삶을 앞당겨 간 것이었다. 아이와 난 장례식장 구석에서 그의 떠남을 슬퍼하는 사람들의 얘길 들을 수 있었다.

"저랑 27년 차이가 나도 장날이 되면 전화해서 술 먹자 하며 얘기했었죠. 술이 취하면 어김없이 어깨동무를 해서 집으로 가자고 했어요."

"젊어서 그렇게 고생해서 아파트 사더니 이제 차사서 놀러 다닐 만 하니까 돌아가셨지."

한 가지 놀라운 것은 어느 누구도 그의 죽음 앞에서 안타까움을 표하지 않는 이가 없다는 것이었다. 마지막 임종을 지켜봤다는 이가 자리에서 일어서며 큰 술잔에 술을 따른 후 절을 하고 있었다. 그리고는 한 참이나 고개 숙인 채 흐느끼는 것이었다. 얼마나 시간이 지났을까. 마음을 가다듬은 그가 바람 쐬러 나가는 모습이 보였다. 나와 아이도 뒤를 따랐다. 그는 먼 하늘을 보며 서 있었다. 아이가 그에게로 가 손을 잡았다. 슬픈 눈으로 아이를 보는 사람

"아파요? 여기가."

아이가 가슴을 손으로 가리켰다.

"응 조금 아프단다."

"왜 그렇게 아파요?"

"함께 한 시간 때문이지. 30년을 함께 지냈으니까. 단칸방 살 때부터 지금까지 늘 함께 해왔으니까. 그 집에 숟가락이 몇 개 있는지부터 형님 잠버릇은 어떤지 까지 모르는 것이 없어. 가족은 아니어도 가족보다 더 가깝게 지내왔으니 마음이 아프지 않겠니?"

"함께 한 시간 때문에……."

"넌 아직 어려 모르겠지만 사람은 누구나 언젠가는 이런 이별을 한단다. 하지 않으려 아무리 애를 써도 하늘의 뜻을 거역할 수는 없어. 그래서 사람은 열심히 살아야 하는 거야. 형님도 돌아가시며 아내와 아이 걱정에 눈물을 흘리셨단다. 그러면서 그러시더구나! 동생, 한 달만 더 살면 좋겠네! 아니 하루만 더 살아도 좋겠어……. 그리고는 얼

마 지나지 않아 가족에게 미안하다는 마지막 말을 남기고 가셨어. 나는 사람들이 하루를 무의미하게 보내는 것이 제일 안타깝단다. 돌아보면 세월만큼 빠른 것도 없는데 사람들은 의미 없이 하루를 살고 있는 것 같아."

아이는 그 사람의 눈을 들여다보며 다시 물었다.

"의미 없는 삶……. 그것이 뭐에요?"

"그것은 노력하지 않는다는 것과 감사하지 않는다는 거야. 열심히 살아도 힘든 삶 속에서, 어떤 이들은 현실에 안주하며 또는 물려받은 재산을 믿고 땀 흘리지 않고 살아가고 있어. 또 어떤 이들은 주어진 현실에 감사하지 못하고 타인과 자신을 비교하며 살기도 해. 가진 것이 많고 적음이 뭐가 중요할까? 열심히 살고 감사한 마음으로 살아가면 되지 않을까? 오늘은 있지……. 어제 돌아가신 형님이 그렇게 살고 싶어 하셨던 하루란다."

아이가 말했다.

"아저씬 좋은 분 같아요. 누군가를 위해서 눈물을 흘릴 수 있다는 건 가슴이 따뜻하기 때문이에요. 아저씨도 행복했으면 좋겠어요."

그는 말이 없었다.

"아저씨가 마음에서 털어내고 다시 기운 내어 사시는 모습을 보는 것이 돌아가신 분의 바람일지 모르잖아요. 안 그래요? 아저씨!"

가만히 아이를 바라보던 그가 아이의 머릴 쓰다듬으며 이렇게 말을 했다.

"네 눈 속엔 아침이슬이 들어있고 밝은 햇살이 담겨있구나! 꼭 저기 하늘을 날고 있는 반디를 닮았어."

아저씨가 가리킨 곳엔 정말이지 한 무리의 반디들이 하늘을 날고 있었다. 이런 도시에서 반디를 볼 거라곤 생각지도 못했는데 그날 밤 장례식장 앞 하천가엔 반디가 별을 이루고 있었다. 아이와 장례식장을 나오며 무작정 하천가를 걸었다. 아이는 별에 계신 엄마생각이 난다고 했고 난 해바라기 마을을 보고 나면 커다란 풍선 만들어 고향으로 데려다 줄 거라고 말해주었다. 마음이 있다면 길이 있는 법이니까……. 아이를 꼭 고향으로 돌려보내주고 싶었다.

8. 도둑이 된 청년

아이는 장례식장을 다녀온 이후로 기분이 좋지 못한 것 같았다. 그래서 이전에 만났던 긴 머리 아저씨 생각이 나서 그 집을 다시 찾았지만 보이지 않았다. 이 마을을 떠나기 전 한 번 더 아이를 만나게 해줄 수 있다면 좋을 텐데, 그 사람이라면 우울해있는 아이를 단번에 웃겨줄 수 있을 거라 생각했는데, 아쉽게도 나에겐 그런 재주가 없었다.

장례식장에서 만난 아저씬 우리가 떠날 때 주머니에서 얼마간의 돈을 쥐어주었다. 그 돈을 아이가 받아들었다는 것이 나로선 놀라울 따름이었다. 그리고는 고마워요 하는 것이었다. 나는 알았다. 아이가 왜 그 돈을 받았는지, 빵 살 돈이 없어 자기 것만 주고 굶고 있는 나를 생각했기 때문이라는 걸, 아인 받아든 돈으로 근처 빵집으로 가서는 이렇게 말했었다.

"아줌마 이 것 만큼 빵을 주세요."

아줌마는 놀란 표정으로 나를 보았다. 아이가 건넨 돈이면 빵을 100개도 더 살 수 있는 돈이었다. 그러자 아줌마가 아이에게 다시 물었다.

"몇 개가 필요하니?"

아이는 걱정스런 표정으로

"그것으론 빵 두 개와도 못 바꾸는 건가요? 사실은 두 개가 필요하거든요."

눈치 빠른 아줌마는 아이에게

"아니야 이것이면 딱 두 개와 바꿀 수 있어. 네가 먹고 싶은 것을 골라보렴."

그때서야 아인 활짝 웃으며 나에게 내가 먹고 싶은 것을 골라보라며 손을 잡고 이끌었다.

나는 단팥빵을 골랐고 아인 노란 잼이 들어간 빵을 골랐다. 아줌마는 빵을 봉지에 넣는 척하며 내 주머니에 거스름돈을 몰래 넣어 주었다. 아이에게 말하지 않았다. 나에게도 이 돈으로 할 일이 생겼으니까.

아이와 도시를 거닐다가 하천가 다리 밑에서 잠시 쉬어가기로 했다.

사람들의 왕래가 별로 많지는 않은 곳이었지만 길가에는 식당도 슈퍼도 있고 포장마차도 있었다. 사람이 사는 곳은 어디나 다 비슷하다는 생각이 들었다. 아이는 또다시 내 무릎 위에 앉아 내 가슴에 기댄 체 잠이 들 듯 말 듯 하고 있었다. 나는 그런 아이를 살며시 안고 요람을 태우듯이 조금씩 흔들어주었다. 그때였다. 어디선가 젊은 아가씨의 비명소리가 들렸다.

"도둑이야! 도둑이야!"

나도 그 소리에 놀라 아이를 안고 소리 나는 곳을 바라보았다. 멀리서 젊은 남자 하나가 이쪽으로 달려오고 있었다. 그리고 그 뒤로 여러 명의 사람들이 도둑을 쫓고 있었다.

도독은 얼마가지도 못하고 주위 사람들에 의해 붙잡혔다. 도둑을 잡은 사람은 포장마차에서 술을 먹고 있던 사람이었다. 어디선가 들어본 듯한 목소리, 아이에게 웃음을 준 긴 머리 아저씨가 도둑의 뒷덜미를 잡고 서 있었다.

"이런 죽일 놈……. 개작두를……."

신고를 받고 온 경찰이 도둑을 인계해갈 때 안 사실이지만, 도둑은 이제 스물한 살 된 청년이었다. 핸드백은 주인에게 돌려졌고 경찰관이 도둑을 차에 태우려했다. 그때 아이가 경찰관의 옷깃을 잡고 말했다.

"아저씨 잠시 만요."

"왜 그러니? 꼬마야."

"저 아저씨에게 물어볼 것이 있어서요. 잠시면 돼요."

난처한 표정을 짓는 경찰관을 향해 긴 머리 아저씨가 말했다.

"저 아이 태권도 5단. 원 펀치 원 킬(one punch one kill)! 걱정할 것 없어요."

긴 머리 아저씨의 너스레는 술을 먹어나 안 먹어나 똑 같은 것 같았다.

"그래 그렇게 하렴. 하지만 잠시 뿐이야. 떨어져 있을 테니 얘기하렴. 문은 닫을 거야. 넌 밖에서 창문을 통해서 얘기해야 해. 알지?

"네 아저씨 고마워요."

아이와 나만 남고 모두 자리를 비켜주었다. 그런데 문득 생각이 났다. 도대체 개작두가 무엇인지……. 아이는 아무 말 없이 가만히 문밖에 서있었다.

"왜 그랬어요?"

아이가 한 말이었다.

"뭘?"

"왜 남의 물건을 훔치려 했어요?"

"돈이 필요해서"

"그럼 일하면 되잖아요."

"일 할 때가 없어. 일을 해 돈을 받아봤자 쓸 것도 없어. 부모님처럼 가난에 허덕이며 살고 싶지 않아."

"이렇게 사는 거 행복하세요?"

청년은 말이 없었다.

"모르겠어요. 수족관 할아버진 나에게 팔아야 한다는 거북도 두 마리나 주었어요. 바다를 만나거든 놓아주라고요. 염색공장 아저씨는 정화시설도 만들고 작업장도 새로 깨끗하게 할 거라고 했어요. 마라톤선수 아저씬 1등을 못해도 박수를 보낼 거라고 했어요. 그래도 행복할 거라고 했어요. 오늘 만난 긴 머리 아저씬 있죠. 우리 사회에도 규칙과 질서가 있다고 했어요. 그리고 저마다 마음속에 작은 소망 하나씩 가지고 산다고요. 그래서 행복하대요. 장례식장에서 만나 아저씬 뭐라 한 줄 아세요? 세월만큼 빠른 것은 없대요. 임종을 앞 둔 사람이 한 달만 아니 하루만 더 살았으면 좋겠다고 말했대요. 그런데 아저씬 하루를 무의미하게 보내는 사람이에요. 나쁜 사람이죠. 땀 흘리며 일하는 소중함을 모르는 사람이에요. 마치 마법이나 걸며 사람들을 괴롭히는 마법사나 다를 바가 없어요."

그러자 청년은 아이를 향해 이렇게 말했다.

"나도 첨부터 이러진 않았어. 아니? 나도 힘들었어. 집에 가도 아무도 없지 부모님은 돈 버신다고 한밤중이 되어야 돌아오시지 난 얘기할 사람도 없었어. 그래도 가난은 벗어날 수 없었어. 정말 지긋지긋해. 넌 가난이 뭔지는 아니? 그것이 얼마나 비참한 것인 줄 아니?"

청년은 감정이 북받치는 듯 울먹이고 있었다.

"안 겪어봤으면 말하지 마! 넌 아직 어려서 몰라. 나라고 이러고 싶었겠어. 집에 있는 것이 싫어서 그래서 집을 나왔는데 먹고 살자니 이럴 수밖에 없었어. 학교 다 마치지 못해 어디서 받아주지도 않고……. 나도 힘들어. 아니?"

아이가 하늘을 쳐다보았다. 아이가 보는 곳을 따라 나도 바라보았다. 그곳은 북극성 옆이었다. 아이의 눈에서 한 줄기 눈물이 흘러 내렸다.

"아저씬 행복한 거야……. 아저씰 위해서 열심히 일하시는 부모님이 있잖아. 난 아무도 없어. 혼자야. 그래도 난 도둑질 같은 건 안 해. 그것이 무엇인지도 모르지만 안다고 해도 난 그런 짓은 안 해. 아저씬 부모님을 위해서 무얼 했죠? 가난하다고 모두 남의 물건 훔치나요? 학교 공부 지금은 할 수 없는 건가요? 아저씨 부모님이 아저씨 보고 오지 말래요? 나오고 나서 한 번이라도 연락해보았어요? 부모님이 지금 어떻게 계실지 찾아는 가 보았어요? 아저씬 자신의 잘못을 남의 잘못으로 돌리는 비겁한 사람이고 나쁜 사람이에요. 안 그래요?"

청년은 더 이상 말을 하지 않았다. 그저 눈물 흘리며 자신을 바라보는 아이를 보고 있을 뿐이었다. 아이는 청년을 향해 이렇게 말했다. 그 말은 아이의 진심이었다.

"행복하세요. 꼭 행복하세요."

나는 아이의 손을 잡고 한 발 뒤로 물러났다. 청년은 뒤창을 통해 사라질 때까지 아이를 보고 있었다. 아이 역시 경찰차가 사라지고 나서도 한참이나 보고 서 있었다.

"아저씨! 나도 집에 가고 싶어. 엄마가 있는 나의 집으로 가고 싶어. 갈 수 있겠지?"

난 아이의 손을 꼭 잡아 주었다. 그리고 그 마음을 달래주고자 긴 머리 아저씨가 사라지는 쪽으로 아이의 얼굴을 돌려주었다. 긴 머리 아저씬 큰 소리로 소리치며 팔자걸음으로 걸어가고 있었다.

"이런 개작두! 내가 도둑을 잡은 사람이란 말이야!"

9. 안개 낀 호수

새우잠을 자고 난 우린 아침 일찍 도시를 떠났다. 잠이 들 깬 아이를 업고 해바라기 농장이 있었다고 하는 곳을 향해 발걸음을 재촉했다. 언덕을 하나 넘을 때까지 아침은 완전히 밝지를 않았다. 희뿌연 안개가 낀 산길……. 나는 아이와 첨 만났을 때를 생각했다. 아이가 부르던 노래가 생각이 났고 달빛을 받고 흩날리던 아이의 머릿결도 생각이 났다. 아이가 그 별에서 왔던 아니든 그것이 나에겐 중요한 것이 아니었다. 그냥이지 아이를 엄마가 계신 곳으로 보내주고 싶을 뿐이었다. 모퉁이를 돌자 안개에 쌓인 아담한 호수 하나가 나타났다.

"아저씨 우리 저기서 잠시 쉬어가."

잠에서 깨어났는지 나를 불렀다. 나는 아이의 말을 따라 호수가 바로 보이는 둑을 찾아 아이를 무릎에 앉히고 앉았다. 호수는 물안개로 인해 온통 희뿌연 모습으로 우리를 대하고 있었다.

"아저씨."

"응."

"지금 저 호수는 왜 저렇게 흐리게 보일까? 안개가 걷히고 나면 깨끗하겠지?"

"아마도 그럴 거야."

"사람들 마음도 그렇겠지. 보이지 않던 것이 보이기 시작하면 깨끗해지겠지?"

"아마도 그럴 거야."

"호수는 바라보는 사람 눈에 따라 달라 보인대. 마치 잔잔한 호수에 돌을 던지면 물결이 퍼져나가는 것처럼. 어두운 마음으로 보면 호수는 한없이 어둡고 밝게 보면 거울처럼 밝게 보인다는 거야."

"그래 네 말이 맞아."

"난 어젯밤 도둑질을 하던 아저씨도 그랬으면 좋겠어. 그 아저씨 마음의 호수에도 환하고 밝은 것만 던졌으면 좋겠어. 그리고 산에 올라 사랑한다고 한 번만 소리쳐봤으면 좋겠어. 그럼 산도 사랑한다고 말해줄 텐데……. 어쩜 여기 사람들은 돈이 문제가 아니라 스스로의 마음이 더 중요할지 모른다는 생각이 들어. 돈이라는 것을 가지고 물건을 사고 옷을 산다는 것 보다 어떤 마음으로 삶을 살아가느냐 하는 것 말이야. 긴 머리 아저씨 말이 맞아. 마음속에 소망이 있다면 즐거운 마음으로 살 수 있지 않을까?"

아이는 한참이나 말이 없었다. 조금씩 안개가 걷힐 때까지 말없이 호수만 바라보았다.

나는 아이에게 희망을 버리지 말라고 말해주고 싶었다. 엄마를 만날 수 있을 거라고 다시 너의 고향으로 돌아갈 수 있을 거라고 말해주고 싶었다. 하지만 말하지 않았다. 참고 있는 아이에게 아픔을 주게 될까 두려웠다. 해바라기 마을만 보게 된다면 난 어젯밤 아이 몰래 준비해놓은 풍선을 가지고 아이와 함께 아이의 고향을 찾겠다는 다짐을 했다. 아이와 함께라면 그 만으로도 나는 행복할 것 같았다. 오랜 침묵 끝에 아이가 입을 열었다.

"어쩜 해바라기 마을은 없을지 몰라. 내가 생각한 해바라기 마을은 엄마가 가꾸시던 나의 별 나의 고향마을이니까. 그 마을과 똑같은 마을을 여기에서 찾는다는 것이 어쩜 우스운 일이었는지 몰라. 마법사가 지금도 미워. 아빠를 깨어나지 못하는 돌로 만들고 엄마를 내쫓아 버렸으니까. 그리고 엄마로부터 나를 떨어뜨리려 큰 풍선에 매달아 별 밖으로 내 보냈으니까. 나를 쫓아오며 울던 엄마를 잊을 수가 없어. 하지만 돌아갈 수 없었어. 마법사의 마법을 난 이길 수가 없었으니까."

아이는 잠시 숨을 고른 후 다시 입을 열었다.

"사람들 모두 첨엔 무엇이 되고 어떻게 살겠다는 식의 목표와 꿈을 가지고 사는 것 같아. 하지만 그런 마음을 간직하고 사는 것은 어려운 것 같아. 도둑질한 아저씨도 마찬가지일 거고……. 긴 머리 아저씨는 그렇게 웃음으로 털어내기 위해 또 얼마나 많은 가슴앓이를 했을까? 그냥 그런 생각이 들어. 정말이지 저마다의 가슴에 하나씩의 소망만 가지고 산다면 그래도 아름다운 세상이 되지 않을까 하는 생각이 들어. 사회엔 규칙과 질서가 있어야 하니까."

안개가 거의 사라져가고 있었다. 아인 무릎에서 내려 일어선 후 나의 손을 잡았다. 그리고는 내 손을 이끌고 말했다.

"아저씨 나 집에 가고 싶어. 데려다줘!"

하는 것이었다.

"아니야. 해바라기 마을을 먼저 찾자. 분명이 있을 거야."

"아니 아저씨 해바라기 마을은 없어. 해바라기 마을은 내 별에 있는 마을일뿐이야. 그러니 아저씨 우리 왔던 곳으로 돌아가서 어떻게든 날 나의 별로 돌려보내줘."

나는 아이를 안고 한참을 있었다.

"난 네 이름도 몰라. 하지만 난 너를 반디라고 부르고 싶어. 넌 반디를 너무 닮았어. 그래도 되겠니?"

"아저씨가 그렇게 불러준다면 내 이름은 반디야."

"그리고 나 네가 너무 좋단다."

"나도 아저씨가 좋아. 아저씨를 잊지 못할 거야."

"잊히지 않게 항상 네 옆에 있을 거야. 항상 네 옆에서 너와 함께하며 업어주고 재워주며 안아줄 거야. 그러니 반디야 항상 웃으렴. 네 마음속에 엄마를 만나겠다는 소망을 버리지 마렴."

10. 안녕 아이야

나는 아이를 업고 왔던 길을 거슬러 배를 묶어놓은 곳을 향해 이틀을 쉼 없이 걸었습니다. 그 동안 아이는 한 번도 잠에서 깨지 않았고 배고프지? 하고 물어도 대답 없이 그렇게 내 등에 업히어 잠만 잤습니다. 장례식장엔 아무도 없었고 도배를 하던 집은 말끔하게 외부까지 공사가 마무리되어있습니다. 운동선수는 만나지 못했고 염색공장은 가동을 멈추고 대규모 공사를 벌리고 있었습니다. 수족관 할아버진 아이를 업고 돌아서가는 제 모습을 또 첨처럼 끝까지 지켜보셨습니다. 끼니때마다 빵부스러기를 준 덕인지 거북의 움직임도 첨보단 활기차고 힘이 있었습니다. 아이만 기운을 차린다면, 아이만 기운을 차린다면…….

봉우리 두 개를 넘어 배가 있는 바닷가에 새벽녘에 다다랐을 때 아인 자리에서 앉지도 못하고 바위에 비스듬히 기대어 있을 뿐이었습니다. 난 나와 아이가 함께 들어가도 될 만큼의 큰 가방과 풍선을 꺼낸 후 헬륨가스를 넣기 시작했습니다. 여러 개의 돌로 가방을 고정하고 풍선 하나에 가스가 다 들어가면 줄과 가방을 하나씩 연결해 나갔습니다. 조금만 더 하면 나와 아이를 싣고 풍선은 하늘을 나를 것입니다. 그래서 저 멀리 북극성 있는 곳 까지 날아올라 아이의 별을 찾아 갈 것입니다.

"아저씨!"

아이가 날 불렀습니다.

"조금만 기다리렴. 다 되어 가. 조금만 더 하면 너의 별로 돌아갈 수 있어."

"나 목말라."

"……"

"폭포가 있던 그 계곡 물이 먹고 싶어."

"그래 금방 갔다가 올게. 금방 갔다가 올게."

"……"

"움직이지 말고 가만히 있어. 움직이면 자꾸 기운 빠지니까…….그리고 여기 빵 있으니까 이거 먹고 있어. 알았지?"

주머니에서 빵을 하나 꺼내어 주자 아인 알았다고 고개를 끄덕였습니다.

"빨리 갔다가 와. 기다릴게. 그리고 아저씨……. 참 고마워! 잊지 못할 거야."

"왜 그런 소릴 해. 항상 너와 함께 할 거라고 했잖아. 항상 너 옆에서 널 지켜 줄 거라고."

난 아이의 작은 손을 잡고 머리를 쓰다듬어 주었습니다. 그러자 아인 작은 팔을 뻗어 나의 목을 안고는 살며시 안기는 것이었습니다. 그리고는 이렇게 말했습니다.

"그래도 아저씨 고마워!"

나는 정신없이 달렸습니다. 숨이 턱까지 차올랐지만 멈출 수가 없었습니다. 아이를 혼자 남겨두었다는 것이 두려워 혹시나 잘못 되지는 않을까 두려워 몇 번을 넘어지면서도 한 번도 쉬지 않고 계곡을 찾아 뛰었습니다. 폭포 바로 아래 맑은 물을 병에 가득 담아 다시 바닷가를 향해 뛰었습니다. 내리막길이라 또 몇 번을 굴러 넘어졌는지 모릅니다. 그래도 손에 쥐어진 물병만은 놓지를 않았습니다. 아이에게 먹일 거라고 반디에게 먹일 거라고

"아이야! 아이야!"

그렇게 아일 부르며 뛰었습니다.

하지만 바닷가에 다다랐을 때 아이의 모습은 보이지 않았습니다. 가방도 풍선도 보이지 않았습니다. 내가 쥐어준 빵과 어항 속의 거북만이 남아 있었습니다. 나쁜 아이였습니다. 사람 마음도 몰라주는 나쁜 아이였습니다. 거기까지 가려면 물도 필요할 텐데, 먹을 것도 필요할 텐데, 춥고 외로울 텐데, 많이 힘들 텐데, 물이라도 가져가지, 빵이라도 가져가지, 왜 날 놔두고 혼자 갔는지, 아인 정말 나쁜 아이였습니다.

그날 새벽 해안가에는 수많은 반디들이 날아와 새벽하늘을 수놓았습니다. 나는 그 바닷가에서 거북 두 마릴 바다에 놓아주었습니다. 이제 네가 태어난 곳으로 가라고……. 그리고 난 아이를 첨 만난 날 들었던 노랫소리를 또 들었습니다. 그것은 아이가 나에게 남긴 마지

막 노래였습니다.

〈별님들이 미소짓는 하늘 아래에 고기잡이 떠나온 고깃배 하나. 갈 곳 몰라 헤매이는 어부 아저씨. 울지 말고 힘을 내서 저기를 봐요. 별님들이 가리키는 저쪽 바다에 수많은 고기떼가 고개를 내미네요.〉

사랑법

새를 보며

새벽녘 한 시간을 자고 일찍 이천을 다녀왔다. 돌아오니 아침 열 시 반, 집 주위 나무 위로 새들이 놀고 있다. 새를 보고 있자니 유리왕의 황조가가 떠올랐다.

사연 없는 사람은 없다는 것을 느끼는 나날이다. 내일모레가 환갑인 건설노동자, 치매에 걸린 어머니 병수발에 사연 있는 여동생 뒷바라지에 결혼조차 못한 채 단칸방을 옮기며 살아온 삶, 가난이 뭐냐며 물어오던 한숨 섞인 목소리와 가정 속에서 가족만을 바라보며 살았지만 다 큰 아이들, 내 뜻대로 되지 않는 현실 속에서 또 상처난 가슴에 물파스 바르며 살고 있는 사람들.

내려놓는 것이 지혜라지만 내려놓을 수 없는 일들이 주위엔 많다. 이성적 판단을 할 수 없어서가 아니라 알면서도 쉬이 선택하지 못하는 괴로움이 있다는 것이다. 가만히 들여다보면 애틋하지 않는 것이 없다는 말처럼 저마다의 모습 속에 스며있는 슬픔들. 시간 지나면 해결된다는 말로 위로가 될까. 산 사람은 살아야 하니까 내려놓아야 한다는 말로 위로가 되는 것일까.

깊은 상처도 언젠간 딱지가 떨어지며 아물기는 하더라. 포기하지 않고 주저앉지 않으니 일어서게 되더라는 것이다. 이마에 주름살 하나씩을 늘리고 웃어도 슬픔서린 표정을 만들고 가는 시간들, 하지만 이제야 마음의 안정을 찾아 살고 있는 나의 삶에도 다시 상처는 생기고 진물도 나겠지.

자신의 인생을 찾아갔으면 좋겠다. 영원한 것도 당연한 것도 없는 삶 내가 없어도 돌아가는 세상과 관계, 괴로워하면서도 희생의 삶을 살아가야만 하는 사람들의 모습이 아프다. 모질고 단단한 것 같아도 알고 보면 마음 여려 눈물 많고 쉬이 상처 받는 사람이 이런 말을 하는 것이 우습기도 하지만 눈물 콧물 섞인 밥을 우물대며 먹었어도 시간은 지나가고 그 끝엔 마른 풀잎과 같은 담담함이 있더라는 것.

바람 속에 몸짓이 느껴지고 목소리가 들린다. 지저귀는 새를 보면 아직도 아픔이 찾아오는 몸, 바람이 조금만 더 찼으면, 아프지 않는 사람들의 세상이었으면 그랬으면 좋겠다.

늑대 보코

무리를 벗어나 혼자 살던 러시아 우랄산맥의 늑대 보코(가명)의 이야기를 다룬 다큐멘터리를 본 적이 있다. 우두머리늑대의 통치에 적응하지 못하고 나이든 늑대와 무리를 탈출하지만 스승이라며 따랐던 늑대는 얼마 지나지 않아 죽고 만다. 홀몸으로 먹을 것 찾아 다다르게 되는 해안가, 바닷물에 밀려와 죽어있던 돌고래의 사체, 그곳을 지배하던 무리와 맞서며 싸우던 처절한 몸짓.

하지만 이야기는 해안 늑대무리의 일원이었던 암늑대 애사(가명)가 찾아오는 것으로 이어졌고 애사를 뒤세우고 자기가 잡은 것인 양 돌고래의 사체 앞으로 데리고 가 먹게 하던 보코의 모습에서 코끝 짠해지게 했었다. 어느 무리의 영역도 아닌 곳을 찾아 새로운 영역을 만들고 새끼 세 마리를 낳는 것으로 끝이 났던 다큐멘터리.

홀로 핀 꽃을 보면 가슴이 짠해진다. 날아든 새를 보면 수를 헤아리는 버릇이 생겨났고 어쩌다 떨어져 앉은 새를 보노라면 또 가슴이 짠해지곤 한다. 해주지 못하는 마음만큼 아픈 것이 있을까. 물러나

주는 것이 바른 것인지 끝까지 함께 하며 노력해주는 것이 맞는 것인지 나는 아직 답을 하지 못한다. 그러나 1+1=2 라는 등식이 11이 될 수도 있는 것처럼 집착과 조바심 내려놓을 용기 있다면 아름다운 사랑도 가능하지 않을까 하는 생각을 해보게 된다. 임 누울 자리 먼저 데워놓으리라 말했었던 시인 황진이, 바람 부는 대로 강물 흘러가는 대로 마음 다해 사랑하는 것 그 이상 무엇이 필요할까.

계산할 수 없는 것도 있으니까.
미래는 알 수 없고 순간은 영원하지 않으니까.
곁에 있는 사람만큼 좋은 사람은 없는 것이니까.

당신에겐 피우지 못한 꽃이 많습니다

바람 쐬려 나간 마당으로 찬바람이 불어와 아궁이에 불을 지폈다. 인기척을 들어서일까, 지난 번 찾아와 울던 고양이, 던져준 고기를 받아먹던 고양이가 다시 뒤뜰에서 다가왔다. 야옹대는 소리가 쉬어 있었다. 춥기도 했겠지. 겨울이라 배고프기도 하겠지. 남은 고기를 주었더니 이젠 아주 아궁이 옆 마실용 스쿠터 아래에 자리를 잡는다.

〈당신에겐 피우지 못한 꽃이 많습니다.〉

오늘의 이야기다. 정확치는 않지만 우리나라의 남녀 평균수명이 75세 전후 또는 넘는다는 기사를 본 것 같다. 남은 시간에 대한 이해와 받아들임은 사람마다 다를 것이다. 그러나 수학적으로 계산했을 때 나에겐 아직 30년이 남아있다. 살아온 45년, 온전히 나의 힘으로 걸어온 것도 아니고 기억하지 못하는 부분까지 계산하면 딱 절반 턴했다고 보는 것이 맞지 않을까 한다.

늦게 결혼한 친구 한 놈 자동차부품공장에서 교대근무를 하며 지내던 중 사정이 있어 일찍 퇴근하던 날 집에서 못 볼 모습을 보게 되었다며 전화가 왔었다. 살맛이 안 난다며 하소연을 해왔지만 나는 오히려 친구를 나무랐었다. 네가 부족하여 생긴 일이라고! 속상한 마음이야 없었을까. 그러나 어쩌나, 마음잡고 다시 시작하길 바랐지만 친구는 지난해에 30년을 놓아버렸다.

어려움 앞에선 앞을 보며 살았으면 좋겠다. 당장을 보지 말고 좀 더 긴 호흡으로 미래를 보며 살아가라는 거다. 10년이면 강산도 변한다지. 30년이면 또 무엇이 변할까. 그 안에 어떤 일들이 생기고 어떤 인연이 생기며 내 삶이 어떻게 변할지 누가 알 수 있을까. 내가 있어야 세상도 있다는 말을 좋아하지는 않지만 당신의 인생은 당신 거라는 말은 해주고 싶다. 의무를 행했다면!!!!! 그런 상황이 닥친다면!!!!! 나의 이름을 가지고 살아갈 용기를 냈으면 좋겠다는 말이다. 인연이란 게 내 의지만으로 되는 것일까. 하늘의 부름 거역하고 마음 떠나가는 사람 붙잡을 수 있는 것일까. 죽을 만큼 사랑하고 하늘의 뜻에 맡기는 거다. 감당할 수 없을 만큼 힘도 들겠지. 그러나 또 어쩌나. 내 의지대로 되는 것이 인연이 아닌 것을.

몇 척의 전함을 두고도 희망을 말했었던 이순신 장군, 우리들에겐 장군의 전함과 같은 시간이 있고 한번 실패했다고 삶이 끝나는 것도 아니다. 보이는 청춘은 영원하지 못하고 머리가 희어질수록 노력의 결과물은 깊이 쌓여가는 법, 모두 저마다의 희망을 품고 살았으면 좋겠다.

미안함이 있어

때론 놓아야 할 때가 있음을 느낍니다.

어린 시절 매미를 잡아 실로 다리를 묶어 데리고 다니던 때가 있었습니다. 비단 그것은 저만의 행동은 아니었지만 그때는 그것이 즐겁기만 했습니다. 날아오르지 못하는 매미는 잠시 날갯짓을 하다가 이내 떨어지며 어깨 위에 앉곤 했습니다. 저는 매미의 일생을 보지 못했습니다. 그저 친구가 가지고 있는 매미와 비교를 하며 내 것이 더 크고 멋지길 바랐을 뿐입니다.

매미는 오래 버티지도 못하고 죽었습니다. 심지어 어떤 아이는 새를 잡아 같은 방법으로 데리고 다니는 경우도 있었습니다. 매미는 단 며칠을 살기 위해 몇 년을 땅 속에서 지내는데, 새 역시 그 수명이 그리 길지가 않는데……. 또한 어른이 된 새도 알을 깨고 나와 어미의 보살핌을 받던 적도 있었겠지요. 그렇게 자라 어른이 되었지만 사랑도 해보지 못하고 잡히어 죽어갔습니다.

살아오면서 저지른 죄가 어디 그 뿐일까요? 그렇게 생각하다가 보면 스스로 내려보게 되는 결론이 있습니다. 그것은 모두 내 안의 욕심에서 시작된다는 것입니다.

이른 봄, 햇살을 받으며 꽃이 돋아날 때 우리들은 때때로 그 꽃을 캐다가 사는 집 어딘가에 옮겨 심습니다. 아직 꽃도 피지 않은 꽃나무를 캐다가 또 그렇게 심습니다. 그런데 말이지요. 자연 속에서 자라는 꽃과 나무를 옮겨 집 어딘가에 심는다고 그 놈들이 잘 자라줄까요? 아니면 나무가 커서 아름드리가 될 때까지 우리는 관심을 가지고 지켜줄까요? 아닐 것입니다. 죽으면 다시 캐다가 심고 자리가 비좁아지면 버리기도 할 것입니다.

등산로 주변으로 두릅이 고개를 내밀 때 저는 도시 근교 산에서 만나는 두릅이 손가락만큼 자라 있는 것을 잘 보지 못했습니다. 크지도 않은 그것들을 사람들은 땁니다. 왜냐구요? 내가 안 따면 다른 사람이 딴다고 생각하기 때문입니다. 그렇게라도 따야 먹을 수 있다고 생각하기 때문이지요. 꼭 내가 먹어야 할까요? 조금 더 시간을 두고 기다려주면 나에게 돌아올 지도 모를 일은 아닐까요? 두릅도 다 크고 나서 죽어야 하지 않을까요?

꽃나무는 봄에 꽃을 피우기 위해 여름을 이기고 가을을 거쳐 겨울을 버팁니다. 단 며칠 꽃을 피우기 위해서 말이지요. 왜 그것을 꼭 내가 가져야 할까요?

집착은 인연이 아님을 배웁니다. 매미를 그랬고 새를 그랬고 꽃을 그랬듯이 소유하려는 마음은 상처를 남길 뿐입니다. 각기 다른 가치관과 개성을 가진 사람들, 어떻게 나와 똑같을 수 있을까요? 내가 믿는 것이 진리라는 말처럼 모두 자기의 생각이 맞다고 여기며 살아갑니다. 윤리와 상식은 그리 쉽게 받아들일 수 있는 것이 되지 못합니다. 또한 누구도 그 안에서 완전한 모습으로 살아가지도 못하지요. 싸우고 원망합니다. 어제의 사랑이 오늘 원수가 됩니다.

놓을 줄 알아야 합니다. 때를 알아야 합니다. 모든 문제는 내 안에서 시작되는 것이듯 내 그릇이 작아 담아둘 수 없다면 흘려보내야 합니다. 그렇게 어제의 기억을 지켜가야 합니다. 돌아서서 미안함에 울 줄 안다면 그나마 행복하지 않을까요.

많은 잘못을 하며 살았고 아픔을 주며 살았습니다. 미안함만 가득한 삶, 그렇게 모두 미안합니다. 매미에게 미안하고 함부로 꺾었던 들꽃에게 미안하고 어린 시절 책상을 같이 썼던 친구와 교무실에서 논쟁을 벌였던 교련 선생님, 키우던 고양이와 떠나신 어머니, 그렇게 하나 같이 모두 미안하기만 한 마음…….

영원히 함께 할 수 없음을 알았다면
영원히 살 수 없는 인생임을 알았다면
소중한 인연도 지워질 수 있음을 알았다면

나무도

나무도
어린 시절이 있었으리라.
걷는 꿈도 꾸었으리라.

이성의 향기에 가슴 설레며
손수 쓴 편지 한 장
별님에게 보이기도 했으리라.

꿈도 꾸었으리라.
사랑도 했으리라.
언제 잘리어 죽을지 모를
나무도!

연인들에게

용기가 없다면
보지 말아야 할 것이 있다.
보이지 말아야 할 것이 있다.
원치 않는 마음을 알려고도
원치 않는 마음을 말하지도

보지 말고 알려 말고
보이지 말고 말하지 말고
눈을 감고 침묵하고

작은 것에 흘릴 눈물
작은 것에 주고 말 슬픔
보지 말아야 할 과거가 있다.
보이지 말아야 할 모습이 있다.
앞만 보며 걸어라.

사랑법

숙이고
침묵하며
하늘 볼 줄 아는

다 알려고도
보려고도
판단하지도 않는

때로는
나무처럼
기다림을 아는

아이의 눈
아이의 미소
배려 속에서 피는 꽃

사랑은
사랑은
너의 눈에 비친 내 모습인 것

사랑

곁에 없어도 행복할 수 있는 것은
사랑하기 때문이다.

곁에 없어 눈물 나고
둘 수 없는 마음
지고 산다 해도
그 사람 행복할 수 있다면

눈 위에 떨어지며 별이 되는
동백꽃이 되어도 서럽지는 않으리.

사랑 2

태어난 자리에서 살다 갈지라도
그대 뜰 안의 꽃이 되고 싶어.

세상에 지치고 힘이 들 때면
말없이 바라보던 내가 생각날지도 모를 일

사랑 3

마음은 보이지 않고

사람은 보이는 것을 쫓는다.

그러다

내가 아파졌을 때

죽을 만큼 아파졌을 때

그때야 비로소 보이는 마음

비와 눈물

멀리 아프리카의 사막에도
장마철 내린 비가 강을 만든다지.

풀이 자라 나비를 부르고
말라있던 나무에는 초록의 잎
부서지고 내어주며 말없이 흐르다
돌아보지 아니하고 하늘로 돌아가는

때론 강둑에서 울음소리 들린다지.

사랑해

사랑해
밝은 햇살
여름 소나기
시원한 바람

사랑해
빨간 홍시
들판의 국화
옥수수 잎사귀

사랑해
다람쥐의 볼
소금쟁이 다리
누렁이의 울음소리

사랑해

아이들 미소
흐르는 땀방울
기다리는 마음

사랑해
지구
우리 태양계
은하계를 담은 우주

사랑해
오직 하나
우주로도 담을 수 없는
그 모두와도 바꾸지 못할

사랑해
사랑해
당신을 사랑해

여우비

어떤 산이 있다고 했다.

들어가면 나오지 못하는 산, 사람이 돌이 되고 그리움이 만들었다는 연못, 그 연못에서는 그리운 이의 모습을 볼 수 있다고 했다.

"아저씨, 저 왔지요."

그날도 어김없이 현아는 도서관을 찾아 남주에게로 고개를 내밀고 있었다.

"얘! 넌 뭐가 좋다고 매일 최 선생님 보러 오니?"

도서관을 올 때마다 현아는 꼭 남주에게 말을 건네고 가곤했다. 때문에 동료 사서들은 현아가 보일 때면 먼저 남주를 향해

"최 선생님, 현아학생 방문합니다."

하며 그 사실을 미리 알려주곤 했다. 그럴 수밖에 없던 것이 남주를 대하는 현아의 마음이 너무 예쁘기 때문이었다.

"아저씨 안 마쳐요?"

"아저씬 왜 요렇게 생겼을까?"

"아저씨 나 기다렸죠?"

"엉덩이 종기 나겠다."

"담에 올 때 사탕사올까? 잠 안 오게."

두 사람이 만난 것은 현아가 고등학교 3학년이던 여름방학 때였다. 하늘은 맑고 내리는 햇볕도 따스하기 그지없는 날이었다. 도서관 앞 운동장에선 봄날에 자주 볼 수 있던 아지랑이가 피어올랐고 도서관 옆 동산에선 한 무리 나비 떼가 날고 있었다. 그곳은 남주가 쉬는 시간이면 찾아 시간을 보내는 곳이기도 했다. 동산 꼭대기의 소나무 아래에 앉아 있으면 어느새 노을이 물들곤 했다. 서쪽 하늘을 물들이는 노을의 멋진 풍경과 노을을 배경삼아 날아가는 새 떼의 모습, 그리고 찾아드는 풀벌레의 울음소리, 20년이 더 지난 옛날부터 남주와 함께 해온 동산 위로 그렇게 밝은 햇살이 내리던 날, 갑자기 하늘에서 소나기가 쏟아지며 운동장에 쌓인 먼지를 날리고 있었다. 그리곤 잠깐 사이에 운동장 가의 골을 타고는 낮은 곳으로 흘러내리는 것이었다. 도서관 출입문 앞에서 소나기를 보던 남주의 눈에 책가방을 머리에 이고 뛰어오는 소녀가 보였다. 온몸이 비에 젖어버린 소녀, 빗방울에 고개 숙이는 풀잎처럼 그렇게 뛰어오는 소녀를 향해 우산을 챙겨들고 급히 빗속으로 뛰어들었다. 하늘에 구멍이라도 난 것처럼 세차게 내리는 비였다. 빗속으로 달리는 두 사람, 소녀는 자신을 향해 뛰어오는 남주가 보이자 더 빠른 걸음으로 달려 우산 안으로 찾아들었다. 물방울을 일으키며 요란스럽게 내리는 비, 소녀의 목소리가 들렸다.

"좀만 있어봐. 분명 호랑이 장가 갈 거야."

소녀는 그 비를 여우비라고 생각하는 듯 했다. 여우비라 하기엔 내리는 빗줄기가 거세었지만 소나기처럼 여우비처럼 비는 오래 내리지 않고, 두 사람이 도서관 앞에 도착할 때 쯤 이미 그치고 있었다. 소녀로서는 억울할 법도 했지만 하늘을 보는 소녀의 얼굴에 억울함 같은 것은 없었다. 구름 한 점이 없었다. 구름 한 점 없는 하늘에서 갑자기 내리는 비, 어쩜 그것은 소녀의 생각처럼 소나기가 아닌 여우비였을지 모르겠다. 내린 비는 운동장을 적시고 눈부시도록 아름다운 보석을 헤아릴 수 없이 많이 풀잎에 만들어놓고 있었다. 소녀가 하늘을 보며 다시 말을 이었다.

"왜 여우가 장가 안 가고 호랑이가 장가간다고 하는 거지?"

혼잣말처럼 그렇게 말하던 소녀가 고개를 돌려 남주를 보며 물었다.

"아저씬 알아요? 왜 여우비라 하는지?"

소녀가 남주에게 첨으로 건넨 말이었다. 물론 그것은 전설이고 사람들의 입을 통해서 전해 내려온 민담일 뿐이었다. 소녀의 질문에 잠시 과거의 기억을 떠올리던 남주가 소녀에게 말을 했다.

"여우가 떠나가서이지."

"여우가 떠나가서? 어디로? 호랑이한테 장가갔다가 호랑이를 떠나?"

남준 호기심어린 눈으로 보고 있는 소녀를 말없이 바라보았다. 그 모습이 여간 천진난만한 것이 아니었다. 눈부시게 밝은 햇살이 내리는 하늘, 남주가 말을 이었다.

"호랑이에게 시집을 가는 거야. 하지만 여우를 사랑한 건 구름이었어. 구름이 슬퍼서 흘린 눈물이 여우비야. 우는 모습 보이기 싫어 해 뒤에 숨어서 흘리는 눈물, 아픈 사랑이지만 참 예쁜 사랑이라고 생각지 않니?"

소녀는 말없이 깊은 생각에 잠기었다. 마치 여우를 떠나보내는 구름의 마음을 생각하기라도 하듯 그렇게 한참을 생각 속에 빠져있더니 남주를 보며 토라진 목소리로 말을 했다.

"아저씨, 그 여우 나빠. 왜 호랑이에게 시집을 가? 구름은 어쩌고……. 앞으로 난 여우비라 안 부를래. 그냥 해비라고 부를래."

그렇게 말하며 도서관 안을 향해 종종걸음으로 가던 소녀, 소녀가 돌아서며 다시 말했다.

"아저씨, 내 이름 현아야. 이현아. 기억해요. 난 아저씨 이름 알고 있어요. 아저씨 이름은 최남주, 맞죠?"

현아가 손을 흔들었다.

그랬던 현아가 대학에 진학을 하고 3학년이 되었다. 현아가 문창과를 지원한 것은 어쩜 당연한 결과였는지 모를 일이었다. 현안 수학이나 물리 등의 과목엔 흥미가 없었다. 관찰력이 좋고 사고력이 좋았으며 소소한 것까지 그냥 지나치는 법이 없었다. 소심한 것이 아니라 흔히 보는 길가의 풀꽃을 보면서도 골똘히 생각에 빠져드는 아이였다. 하루는 전깃줄 위에서 참새 두 마리가 서로 떨어져 앉아있는 것을 보고는 이렇게 말하기도 했었다.

"아저씨, 쟤네들 뭔 일 있나 봐요. 싸웠나? 왜 저렇게 떨어져 있을까요? 맞다, 저 둘은 부분데 싸운 거야. 지금 자존심 때문에 화해하지도 못하고 저렇게 버티고 있는 게 분명해. 안 그래요? 아저씨."

현아, 이현아!

자신의 아내가 오래 전에 두고 온 아이, 그 아이가 여우비가 내리던 날 남주에게로 와서 말을 걸고 있었다.

남주가 정희를 만난 건 20년 전으로 거슬러 올라간 때였다. 도서관 인근에 있는 대학에서 졸업반이 되었을 때 학교 부근 빵집에서 정희를 만났었다. 정희는 그때 결혼을 하여 두 살 된 아이가 있었지만 남편과 이혼을 하고 혼자 생활하고 있는 중이었다. 정희는 마음이 여리고 생각이 깊은 사람이었다. 책을 좋아하고 그림을 좋아하는 것까지 비슷한 두 사람은 서로 좋은 감정이 있으면서도 선뜻 마음을 열진 않았었다. 정흰 실패한 결혼생활에 대한 아픔이 컸고 남주는 가난한 형편이 마음에 걸리기 때문이었다.

그러던 어느 날 현아와 만났을 때처럼 비가 내리던 여름, 점심식사를 위해 밖으로 나오던 남주는 갑자기 내리는 비에 정희가 일하던 빵집으로 뛰어 들어간 적이 있었다. 비에 젖은 남주를 향해 수건을 꺼내주던 정희는 이렇게 말했었다.

"오래 내리지 않을 거예요. 하늘이 맑잖아요. 저 비는 여우비일거예요."

정희의 말처럼 비는 오래 내리지 않았고 비가 그치자 햇볕이 내렸다.

"남주 씬 왜 여우비라고 하는지 아세요?"

물론 남주도 알고 있는 이야기였지만 선뜻 대답을 할 수가 없었다. 아니 정희가 말해주길 기다렸다는 표현이 더 정확한 표현일지 모르겠다. 그때 정희가 들려준 이야기는 남주가 현아에게 해준 말과 똑같은 것이었다.

"여우가 호랑이에게 시집을 가는 거래요. 하지만 여우를 사랑한 건 구름이었죠. 구름은 슬퍼서 울지만 우는 모습 보이기 싫어 해 뒤에 숨어버리죠. 여우가 슬퍼할지 모른다는 생각도 했을 테고요. 슬프지 않나요? 세상에서 제일 아픈 사랑일지 몰라요, 하지만 사람이 하는 사랑은 저렇지 못하는 것 같아요."

"……"

"크리스마스 선물이라는 책 아시죠? 거기에도 이런 얘기 나오잖아요. 남편은 아내를 위해 시계를 팔아 빗을 사지만 아내는 자신의 머리카락을 팔아 시계뿐인 남편의 시곗줄을 산다는 얘기……. 사람들이 모두 만들어 낸 이야기지만 그런 사랑을 한다는 것은 참 힘든 것 같아요. 왜일까요? 바라기 때문일까요? 서로 똑같기 때문일까요? 모르겠어요, 저는……. 어떤 것이 예쁜 사랑인지, 사랑이 없는 삶은 너무 슬프지만 사랑이 뭔지 모르겠어요."

정희는 감수성이 풍부한 사람이었다. 밝은 햇살을 보고도 미소를 지었고 길가에 핀 들꽃을 보고도 좋아하던 사람이었다. 특히 정희가 좋아했던 꽃은 민들레였다. 바람에 의지해 꽃씨를 뿌리는 많은 꽃들 중에서 민들레만큼 화려하고도 진한 감동을 주는 꽃도 드물 것이다. 정희의 고향 마을 들녘에도 민들레가 많았다고 했다. 어린 시절 바람이 불 때 민들레 한 송이를 꺾어 손에 쥐고 입김으로 바람에 날려 보내던 추억도 정희에겐 있었다. 책을 좋아하는 정희와 같은 주제를 가지고 이야기를 나누는 것이 남주는 즐거웠다. 그렇게 대화를 하다보면 어느새 어둠이 내리고 밤이 깊어갔다.

정희가 살던 집은 일을 하는 빵집에서 버스로 세 정거장 거리에 있는 방 하나를 세내어 사는 단층주택이었다. 도서관이 있는 동산 아래에서 자취를 하고 있던 남주의 집과는 걸어서 30분 정도 되는 거리였지만 버스 노선이 맞지 않아 정희를 집까지 바래다 줄 때는 늘 혼자 집까지 걸어오곤 했었다. 두 사람이 주로 얘기를 나누는 장소는 정희의 집 부근에 있는 놀이터였다. 그네에 앉아 시에 대해서 얘기를 하고 별자리에 대해 얘기를 하고 사랑과 그리움에 대해서 또 얘기를 했다. 그러다가 눈물 흘리는 정희를 보며 울음이 그칠 때까지 옆에서 기다리기도 했다.

그렇게 시간이 지나면서 두 사람 사이에 사랑이 싹트고 사랑이 익어가고 익어간 사랑이 몽우리를 터뜨릴 무렵 두 사람은 찬바람 부는 동산을 함께 오르고 있었다. 채소를 심었던 밭에는 눈이 쌓였고 나뭇가지에 쌓였던 하얀 눈은 연기처럼 부서지며 바람에 흩날렸다. 고백을 하고 싶었다. 당신을 사랑한다고 말하고 싶었다. 하지만 말해버리고 나면 아파질까 그 사람 아파할까 두려웠다. 말하고 나서도 하지 않았을 때처럼 그렇게 마음에 남아 기억될 수 있을지 또 두려웠다. 창문을 통해 들어오는 아침햇살을 함께 보고 잡은 손 놓지 않고 죽는 날까지 함께 하고 싶었다. 그렇지만 남주는 쉽게 말을 할 수가 없었다. 사랑이란 내 마음에서 하는 것이 아님을 남주는 알고 있었다.

참 오랫동안 이어진 침묵이었다. 그렇게 오랫동안 이어진 침묵을 깨고 입을 연 사람은 고백 앞에서 갈등을 하던 남주가 아니라 남주처럼 침묵하고 있던 정희였다. 손끝의 떨림만으로도 알 수 있는 마음, 정희가 입을 열었지만 정희가 꺼낸 말은 시에 대한 이야기도 별자리에 대한 이야기도 또 사랑이나 그리움에 대한 이야기도 아니었다. 그녀가 남주를 향해 꺼낸 이야기는 자신의 과거에 대한 고백이었다.

"남주 씨."

"……"

"저…… 결혼을 했었답니다."

"……"

정희의 표정엔 힘든 기색이 역력했다. 남주의 손에서 손을 빼내며 바람에 날린 머리카락을 목 뒤로 쓸어 넘기고는 그대로 코트 주머니 속으로 손을 집어넣던 정희, 남주는 말없이 그런 정희를 바라보기만 했다. 정희가 다시 말을 이었다.

"놀라셨죠? 저에겐 아이도 있어요. 이제 네 살이에요. 두 살 된 아이를 버리고 나와야 했어요. 데리고 나올 수 없었죠. 아이를 저에게

맡길 수 없다고 했어요. 제가 힘들다고 아이를 버리고 왔답니다."

남주는 여전히 말을 하지 않았다. 그런 건 괜찮다는 말도 당신의 아픔을 함께 하고 싶다는 말도 하지 않았다. 그저 한 가지를 그녀에게 물었을 뿐이었다.

"정희 씨를 사랑하면 안 되는 건가요?"

정희가 대답했다.

"죄송하니까요. 남주 씨께 죄송하니까요?"

남주가 말했다.

"죄송하다는 말은 죄 지은 사람이 하는 거 아니든가요? 정희 씨가 저에게 무슨 죄를 지었나요?"

"……"

남주를 보는 정희의 눈에 혼란스러움이 가득했다. 지난날의 기억과 앞에 선 사람에 대한 미안한 마음, 두고 온 아이에 대한 죄책감, 마음을 잡을 수가 없었다. 코트 주머니 속에서 정희의 손을 꺼내 잡으며 남주가 말했다.

"사과를 할 사람은 저랍니다. 가난뱅이 주제에 정희 씨를 사랑하고 있으니까요."

차가운 바람이 불었지만 춥지 않았다. 바람이 불어 나뭇가지는 흔들렸지만 정희를 안고 있는 남주의 마음은 가난해서 미안할 뿐이었다. 참새들이 날아와 지저귀었다. 이 가지에서 저 가지로 옮겨가며 날갯짓을 했다. 하늘에 솟아있는 태양이 먼 산봉우리 위의 눈에 내려

앉아 반짝이고, 눈을 닮은 정희의 하얀 목도리가 남주의 코끝에서 정희의 향기를 전해주고 있었다.

〈가지 말아요. 두고 온 아이 봐야 하잖아요. 안아봐야 하잖아요.〉

정희는 아무 말도 하지 못했다, 끝내 병을 이기지 못하고 떠나간 정희……. 하지만 정희와 함께 한 3년이란 시간은 그가 살아온 인생길에서 가장 행복했던 순간이었다.

"남주 씨, 하늘을 봐요. 구름이 꼭 양떼 같지 않아요?"

"……"

"고마워요. 이렇게 날 사랑해주어서……. 당신을 만나 얼마나 행복한지 몰라요."

"……"

"나를 많이 원망하겠죠. 잘 크겠죠? 아픈데 없이 밝고 씩씩하게 잘 자라고 있겠죠? 아파요. 많이 아파요. 미안해요 남주 씨, 하지만 남주 씨, 보고 싶네요. 많이 보고 싶네요. 아이가 정말 보고 싶네요."

정희가 묻힌 곳은 남한강이 내려다보이는 공원묘지였다. 정희는 그렇게 강이 내려다보이는 언덕을 좋아했었다. 하지만 남주는 정희를 외롭게 홀로 두고 싶지 않았다. 그래서 그 옆으로 묘 자리를 두 개 더 예약해두었다. 하나는 훗날 자신이 죽어 묻힐 곳이고 또 하나는 더 먼 훗날 혹여 찾게 된다면, 그 아이가 허락한다면, 정희가 두고 온 딸을 위해 마련해둔 자리였다. 정희의 무덤 앞에는 남주가 옮겨 심어놓은 민들레꽃과 사진 한 장이 놓여있었다. 그 사진이 액자 속에 넣어져 민들레꽃 옆에서 자그마한 우산을 쓰고 정희의 무덤을 지키고 있었다.

가을에 핀다는 코스모스가 고개를 내밀고 그 옆의 무궁화꽃도 예쁘게 몽우리를 피운 7월, 은행나무 잎사귀 사이로 햇살이 내리던 날, 동산 위에 서서 아래를 보던 남주의 눈에 동산을 올라오는 사람이 보였다. 뜨거운 열기 탓으로 이글거리며 피어오르는 열기가 그 사람의 모습을 흔들고 있었지만 점점 더 가까워지는 그 모습은 어디선가 본 듯한, 아니 눈에 익은 모습이었다.

"남주 씨, 저예요."

쉬는 날이면 어김없이 오르던 동산, 그 동산을 뒤따라 오르며 손을 흔들던 사람, 민들레 홀씨 타고 먼 나라로 떠난 사람……. 남주의 눈에 보이는 사람은 정확히 15년 전 세상을 떠난 늘 그렇게 손을 흔들며 남주를 찾아오던 정희의 모습이었다. 손등으로 눈가를 비비고 눈을 찡그리며 올라오는 사람을 보았다. 한걸음 더 내밀며 두 손으로 해를 가리고 허리를 숙여 정말로 정희가 맞는지 살펴보았다. 있을 수 없는 일이지만 만일 맞다면, 아니 정희를 닮은 사람이라면…….

짧은 순간 정희에 대한 그리움이 밀물처럼 밀려들었다. 하지만 남주를 향해 손 흔들며 소리치는 사람은 역시나 정희가 아니었다,

"아저씨!"

"……"

남주는 말이 없었다. 이마에 흐르는 땀을 닦으며 올라오고 있는 사람, 참 많이도 닮았다. 평소 보던 얼굴인데 왜 갑자기 그런 생각이 들었는지 알 수 없는 일이었다. 점점 가까워지는 현아가 남주를 향해 다시 입을 열었다.

"더워, 아저씨. 그렇게 보고만 있기예요? 얼른 내려와서 손 안 잡아줘요?"

아주 약했지만 아주 잠깐이었지만 한 여름 동산 위로 바람이 불었다. 그 바람에 실려 오는 향기와 바람에 흩날리는 현아의 머리카락, 남주의 가슴에 찾아온 그리움이 물결을 일으켰다.

"덥지 않아요?"

정희의 목소리가 들렸다. 하지만 정희는 보이지 않았다. 책 한 권을 가슴에 안고 남주 앞으로 다가서는 사람, 남주는 아무 말도 하지 못했다.

아카시아 향기가 났다. 진하지도 연하지도 않은 마치 시골길을 걸을 때 코끝을 부드럽게 자극하던 느낌의 그런 향기였다. 하지만 동산에 올라와 남주를 보는 현아의 눈은 심통으로 가득했다. 누군가에게 많이 화가 난 것처럼 씩씩 거리더니 남주를 보며 대뜸 이렇게 말을 했다.

"손잡아 달라고 했는데도 안 잡아주고……. 그렇게 멍하니 보기만 했다 이거죠!"

"……"

남주는 또 말이 없었다. 그러자 현아가 다시 말을 이었다.

"이젠 말도 안하고……. 아저씨랑 안 논다!"

"……"

이상해서일까? 아님 자신이 한 말이 너무 버릇없어 화가 났다고 생각했기 때문일까, 현아가 남주를 보며 애교 섞인 목소리로 말을 했다.

"아저씨, 나 더워요. 부채질 해주면 아이스크림 드릴게요. 아저씨랑 같이 먹는다고 두 개 사왔단 말이에요."

여름철 남주의 이마에 맺힌 땀방울을 보며 가지고 온 손수건으로 이마를 닦아주던 정희.

'그래 그 사람은 덥다고 하지 않았어. 얼굴이 빨개져도 덥다하지 않고 그저 내 이마에 맺힌 땀방울만 닦아주었어.'

아무 반응이 없는 남주를 보며 현아가 입을 쭉 내밀며 고개를 돌렸다. 그리고도 남주가 아무 말이 없자 언덕 아래로 몸을 돌리며 발걸음을 옮겼다.

"안 놀아. 말도 안 해! 이제 아저씨 끝이야."

하지만 현아는 두세 발 자국 걸어내려 가더니 다시 고개를 돌리며 남주를 보았다.

"진짜 안 잡을 거지? 삐진다."

남주는 그런 현아를 보며 주머니에서 손수건을 꺼내었다. 그리고는 현아에게로 다가가 이마에 맺혀있는 땀을 닦아주었다.

"저기 나무 아래로 가. 저긴 나무가 해를 가려주거든."

그제야 현아는 남주가 손으로 가리키는 나무를 보며 못 이기는 척 발걸음을 옮겼다. 남주는 그 곁에서 가지고 있던 잡지책으로 현아의 얼굴에 부채질을 해주었다. 그때까지도 현아는 잔뜩 턱을 내밀어 고개를 들고는 눈을 감고 삐친 척 하고 있는 중이었다.

현아의 목에서 좀 전에 느꼈던 아카시아 향이 다시 풍겨왔다. 그 향기는 남주의 코를 통해 머리를 자극하고 가슴을 뛰게 했다. 많이 맡아본 향기……. 하지만 너무나 오랫동안 맡을 수 없었던 향기, 정희가 좋아하던 향수 냄새였다. 남주의 부채질 속으로 현아의 머리카락이 휘날렸다. 갈색빛이 비치는 머릿결, 어깨 밑으로 단정하게 손질해놓은 머리, 남색 청바지에 흰색 티셔츠, 아담한 키에 예쁜 몸매, 하지만 전혀 닮지 않은 말투, 남주가 사랑했던 정희가 아니고 도서관에 들러 공부를 하고 책을 빌려가는 밝은 성격의 아이 현아였다.

현아는 그날 함소산이라는 산에 대해서 이야기를 꺼내었다. 휴전선이 인접한 강원도 어느 골짜기에 있다는 산으로 산삼이 많이 나서 심마니들이 많이 찾았지만 돌아오는 사람은 아무도 없다고 했다. 이유는 함소산 하늘에서 피어오르는 무지개의 모습이 너무 아름다워 그 아름다움에 취해 그만 돌이 되기 때문이라고 했다. 역사학자나 지질학자, 탐험가 또는 동식물을 연구하는 사람들이 무수히 산을 찾았지만 그들 역시 돌아오지 못했다고 했다. 사람이 변했다는 돌은 그 사람의 모습이 아닌 부처의 모습으로 변해 보는 사람들이 산에서 내려갈 마음을 잃게 만든다고 했다. 물론 현아는 그 이야기를 믿지는 않았다.

"그리스 신화에 나오는 메두사도 아니고 어떻게 사람을 돌로 만들 수가 있겠어요! 안 그래요? 근데 아저씨, 만일 그 소문이 사실이라면 궁금하지 않아요? 정말 무지개를 보면 사람이 돌로 변하는지 말예요?"

남주 역시 그 소문에 대해서 들은 적이 있었다. 지도책에도 나오지 않는 산으로 모든 사람들에게 보이는 산도 아니고 선택 받은 사람에 한해 모습을 나타낸다는 것이었다. 그 소문이 사실이라면 그곳에서 돌로 변해버린 사람들도 어쩜 자신의 운명일 수도 있겠구나 하는 생각을 한때 가져본 적이 있었다. 소양호가 끝나는 지점 어딘가에 있다는 산의 입구는 사시사철 하얀 찔레꽃이 길 옆에서 꽃을 피우고, 그 위로 나비들이 노닐고 있다고 했다. 현아는 무지개나 사람이 변했다는 돌에 관심이 있는 것이 아니었다. 현아가 그 산에 대해서 관심을 가지게 된 것은 거기에 있다는 연못 때문이었다.

"거기 가면 작은 연못이 있대요. 그 연못은 세상의 그리움이 만들어낸 것이라고 해요. 그래서 연못가에 앉아 연못을 보면 자신이 제일 그리워하는 사람의 얼굴이 거기에 보인대요. 신기하죠? 나는 아저씨, 거기에 갈 거예요. 거기 가면 제가 세상에서 제일 사랑하는 사람이 있을 테니까요. 보고 있어도 보고 싶은 사람 말예요. 아저씨도 그리운 사람이 있나요?”

현아에게서 다시 아카시아 향기가 실려왔다. 그 향기는 지난 과거의 어느 한 순간으로 남주를 이끌고 있었다.

“나 죽으면 강이 내려다보이는 언덕 위에 묻어줄 수 있어요? 흘러가는 강을 보며 시간을 떠올리겠죠. 부는 바람은 소식을 전해줄 거예요. 나는 그곳에 서서 기다리겠죠. 그리고 손을 흔들 거예요. 한 번은 보지 않을까요? 그럴 거예요. 한 번은 볼 수 있을 거예요. 지금 그 아이의 모습을 보고 싶어요. 그럴 수는 없는 걸까요? 보고픈 사람을 볼 수 있는 방법은 없는 걸까요?”

바람이 되고 싶다고 했었다. 매섭게 몰아치는 찬바람이 아닌 이마에 맺힌 땀방울을 식혀주거나 고운 향기 싣고 오는 그런 바람이 되고 싶다고 했다. 바람을 기다리는 민들레에게로 다가가 그 홀씨를 품고 강을 건너고 산을 넘어 양 떼들이 노니는 목장도 지나서 햇볕 잘 드는 언덕 위에 그 씨앗을 내려놓을 거라고 했다. 아이의 곁에 머물며 살아서 해주지 못한 사랑 땀방울 식혀주는 바람으로 남아줄 거라고 정희는 말했었다. 정희에게서 나던 아카시아 향기……. 현아의 모습에서 남주는 정희를 보고 있었다.

방학을 하고 얼마 후 함소산을 찾아간다며 현아는 길을 떠났다. 누군가와 동행하는 것도 아니고 짐을 많이 챙긴 것도 아니었다. 배낭 하나만 맨 가벼운 차림으로 떠나기 전 도서관을 찾아와 남주에게 인사를 했다.

"함소산의 존재를 믿는 모양이구나!"

"그럼 아저씬 안 믿어요?"

"믿지 않는 게 아니야. 세상엔 과학으로 증명할 수 없는 일들이 많으니까. 그래서 더 걱정이 되기도 해."

"내가 못 돌아올까 봐?"

"너를 걱정하는 사람들이 있잖아. 그 사람들은 무지개보다 더 곱고 소중한 사람들이니까."

"피! 걱정되면 그렇다고 하면 되지……. 걱정 말아요. 그리고 전 그 분을 만나기 위해서 가는 거니까요. 지금 나에겐 남은 것이 없어요. 하지만 그곳에 가면 엄마가 있을 거예요. 나는 엄마를 보러 가는 거예요. 아저씨 마음에도 그런 그리움이 남아있다면 좋겠어요. 아저씨가 누군가를 그리워하는 것처럼 아저씨를 그리워하는 사람도 있다면 얼마나 좋겠어요?"

현아가 남기고 간 말에 가슴이 아파왔다. 누군가를 그리워한다는 것, 엄마를 보기 위해 함소산을 찾아간다는 것, 엄마가 있을 거라는 현아의 말이 아픔이 되어 남주의 가슴에 파고들었다. 뒷모습 남기며 현아는 떠나고 남주는 남아 하늘을 보았다.

시간이 멈춘 듯 했다. 현아가 떠난 자리는 공허함이 되어 돌아왔다. 사람들의 목소리도 들리지 않고 창을 통해 들어오는 하늘을 무심히 바라볼 뿐이었다. 하지만 현아는 남주 마음에 찾아든 기다림과는 달리 일주일이 지나도 모습을 나타내지 않았다. 핸드폰은 꺼져있고 메시지를 남겨도 연락이 없었다. 책을 빌려가던 학생 한 명이 여행을 갔을 뿐이었지만 남주의 마음은 백지가 되어가고 있었다. 알 수 없는 일이었다. 무엇 때문에 그렇게 가슴이 답답해오는지…….

그날 저녁 남주는 현아의 주소지를 찾아 발걸음을 옮기고 있었다. 정희와 얘기를 나누던 놀이터가 보이는 곳, 부근 골목과 집들이 변함없이 남아있는 그곳에 현아가 살고 있다는 것이 신기하기만 했지만 그 보다 더 놀라운 것은 주소지를 찾아 그 앞에 섰을 때였다. 우연의 일치라고 하기엔 너무 놀라운 일, 현아가 적어놓은 주소는, 현아가 살고 있다는 집은 20년 전 정희가 살았던 단층주택이었다. 매일 바래다주던 집, 태어나 가장 행복했던 때, 그 시간 속에서 빠질 수 없는 곳, 현아의 주소지가 거기였다.

안에선 아무런 인기척이 없었다. 대문을 두드려도 고개 내미는 사람이 없었다. 그저 힘없이 문이 열리며 안채의 모습이 남주의 눈 속으로 들어올 뿐이었다. 한 번도 들어가 보지 않았던 집, 하지만 정희가 머물렀던 방은 알 수 있었다.

"남주 씨, 저 방이 제가 지내는 방이에요. 지나가다가 생각나거든 휘파람을 부세요. 그럼 남주 씬 줄 알고 나갈게요."

안채도, 정희가 살던 방도 모두 불이 꺼져 있었다. 마치 오래 전에 비어버린 집처럼 집에선 찬 기운만이 감돌고 있었다. 우연의 일치라기엔 너무 기막힌 일, 떨리는 가슴을 진정시키며 정희가 살았던 방을 향해 다가갔다. 그리고 방문을 열었다. 가로등 불빛에 비치는 그 방은 사람이 살고 있는 방이 아니었다. 하지만 금방이라도 정희가 나타날 것만 같았다. 눈에서 눈물이 흐르고 슬픔에 목이 매여 왔다. 정희가 살았던 방, 거기에 주소지를 두고 있던 현아, 하지만 빈 지 오래된 집, 벽에 걸린 액자가 남주의 눈 속으로 들어왔다. 소리죽인 채 흐느끼는 남주의 울음소리가 마당 안을 울리고 있었다.

소양호 선착장에 배가 서며 몇 사람이 내리고 있었다. 대부분은 그곳에서 버스를 기다려 타고 사라졌지만 한 사람은 한참을 거기에 서서 주위를 둘러보다 계곡 한 곳을 향해 발걸음을 옮겼다. 계곡 옆으로 이어진 길은 끊길 듯 말듯 했고 중간 중간에 여러 개의 갈림길이 있었다. 표시해두지 않으면 돌아오는 길을 찾기 힘들만큼 복잡하고도 깊은 산 속이었다. 그래서일까, 갈림길이 시작되는 곳에는 부러진 나뭇가지가 남주의 눈에 보였다.

"기억하죠. 여기에 여자 혼자 여행을 오는 경우는 거의 없으니까요. 한 주일쯤 됐나……. 다시 오지는 않았어요. 다른 곳으로 간 것이겠죠."

자신이 여기까지 오게 될 줄은 남주도 몰랐다. 함소산의 존재를 완전히 믿고 있던 것도 아니었다. 사람이 돌이 되고 부처님의 얼굴로 변한다는 것을 어떻게 증명할 수 있을까. 하지만 사람이 사는 세상

속에는 신비로운 일들도 많음을 남주는 알고 있었다. 사람이 돌이 되는 걸 증명할 순 없지만 그런 세계가 어딘가에 존재할 수 있을 거란 생각, 그리고 꼭 찾아야 할 한 사람이 그곳으로 찾아 갔다는 것이 중요할 뿐이었다.

그리움이란 무엇일까? 사람은 무엇을 위해 사는 것일까? 사랑은 영원한 것일까? 옆에 두고 보는 것이 행복일까? 또 사랑은 어디서 오는 것일까? 아니 사랑이란 무엇일까? 소유하는 것일까? 바라보는 것일까? 청춘남녀의 열정적인 사랑은 아이를 향한 어머니의 사랑이 될 수 없을까? 뜨겁던 사랑도 어느 순간 남이 되고 마는 현실은 무엇일까? 잃어 보아야만이 소중함을 깨닫게 되는 것은 또 무엇일까?

꺾인 나뭇가지는 더 이상 보이지 않았다. 어디로 가야할지 알 수 없었다. 가슴이 떨려오고 코끝이 찡해왔다. 어두워오는 산속, 어디선가 산짐승이라도 나타날 것만 같았다. 남주가 이름을 불렀다.

"현아야……."

그 목소리는 점점 커져 메아리가 되어 돌아왔다.

"현아야! 아저씨야! 내 목소리 들려? 현아야!"

쉬지 않고 밤새도록 산 속을 헤매었다. 가시에 찔리고 긁히고 돌부리에 걸려 넘어지기를 얼마나 했는지, 그렇게 헤매던 남주의 눈에 밝아오는 아침이 보였다. 그리고 그곳에 보였다. 찔레꽃이 만발한 길과 그 위에서 노닐고 있는 나비 떼의 모습이

'네가 그 사람이 두고 온 아이였니? 벽에 걸린 사진 속의 아이가

너였니? 너를 가슴에 품고 아파하며 살다가 간 내 아내가 두고 온 아이였니? 너를 찾을 거라고 약속했어. 지켜주겠다고 약속했어. 그리니 현아야, 아저씨 갈 때까지 길 잃지 말고 있어야 해. 꼭 그래야 해.'

여느 산과 다를 바 없는 산이었다. 자라는 나무도, 꽃도, 내리는 햇살도 다름이 없었다. 많은 심마니들이 찾아와 돌아가지 못하고 돌이 되었다는 산, 현아를 찾아야 했다. 그것이 돌아가지 못함을 무릅쓰고 함소산을 찾은 이유였다. 지켜주겠다고 약속한 아이, 세상에서 정희를 제일 많이 닮은 아이, 남주는 현아를 찾아야했다.

함소산에도 하늘은 있었다. 그 하늘은 울던 매미의 소리를 잠재우고 땀에 젖은 남주의 이마 위로 비를 내리고 있었다. 맑은 하늘에서 내리는 비, 오래 내리지 않고 그칠 여우비, 그 비가 내릴 때 현아를 만났으니 금방이라도 아저씨! 하며 나타날 것만 같았다. 하지만 비가 그치고 햇볕이 내려도 현아는 보이지 않고 무지개만 하늘에 떠올랐다. 너무도 고운 무지개가 남주의 눈에 보였다. 사람을 돌로 만들어 버린다는 무지개가 하늘에서 내려와 함소산 계곡으로 이어지고 있었다. 그리고 그곳에 보였다. 그리움이 만들었다는 연못이 그리운 이의 모습이 보인다는 연못이 현아가 찾고 싶어 했던 연못이 무지개를 담고 있었다.

민들레의 노래

어린나무에게

나무야
어린나무야
가파른 절벽에서
눈 덮인 산에서
침묵하며 살아가는 거목을 보아라.

쇠못!
수천 개가 박혀야만
다다른다는 천년의 세월
오롯이 자리 지키며 선
천년 거목의 침묵을 보아라.

노란나비

봄을 찾아 걸었다.

불어오는 바람에 소금냄새 찾았다.

왜 안 오니?

입춘이 지났는데

시린 이 땅을 너도 알고 있는 거니?

망각

바람은
갈밭 앞에서 울고
술병 속에서도 운다.

차가운 바다
노란 꽃무리
벌써 잊어가는 사람

새빨간 꽃

푸른 잎의 꽃밭으로
꽃씨 하나 날아와선
빨간 꽃잎 내밀고는 가실 돋아냈어.

밭이 지 것이라
닮은 해충 불러 모아
푸른 꽃밭에 마구 뿌려댔지.

강이 흘러 바다 되듯
어느 꽃이 품은 씨앗 저버리리.
우주에 혼을 뺏긴 새빨간 꽃

병신년 겨울

2월의 아스팔트

위에 놓인 아스피린

바람이 놓고 간 긴 한숨

자기미화

고약한 놈들
추잡한 놈들
한심한 놈들

다리 끊고 내뺐는데 모른다 하고
계획 하에 죽이고도 아니라 하고

친일을 불가피라
나뉨을 탄생이라
반역을 혁명이라

올림머리

복날 앞에
마음 정리할 시간 달라더니
개돼진 들어갈 수 없는 굴속으로

도리도리
도리도리

아차!
두 날개 들어 올리며 꼬끼오!

늙은 사과

더위가 기승을 부리는 여름
냉장실 속에서 화장을 한다.
짝을 찾는 매미의 울음소리
날개 꺾인 새들의 처절한 몸짓

여린 잎사귀 떨어져도 동상이몽
말라가는 꽃을 향해 오줌발을 갈기고
불이 나도 달나라 구경이나 하다가
느닷없이 한 곳으로 돌팔매질

빨갛게 익었으니 살만큼은 살았을 진데
볼때기만은 탱글탱글 윤기가 반짝
세상 소리엔 귀 닫은 채
염장 지르는 소리나 해대는 놈

더는 참지 못해 문을 열고 찾아선

버티고 자빠진 놈 싸대기를 날렸는데
아파봐서 안다며 우는 척을 하더니
뒤춤으로 손을 뻗어 총을 꺼내었다.

희한도 하지.
녹슨 식칼로 토막을 내었는데
목 잘린 닭의 눈이
바동대는 몸뚱이를 쳐다보고 있었다.

어느 섬

뱀이 위험하다
원숭이가 위험하다
곰이 위험하다
독수리가 위험하다

뱀이 위험하다
원숭이가 위험하다
곰이 위험하다
독수리가 위험하다

뱀이 위험하다
원숭이가 위험하다
곰이 위험하다
독수리가 위험하다

조그만 섬
새들이 사는 섬

바람이 차지한 땅

갓 피어난 꽃
바람이 짓밟았다.

이 산 저 산
바다 건너 죽음의 땅

꽃으로 태어나
꽃이 되지 못하고

낯선 땅 어드매서
나비되어 오른 꽃

그리운 땅
바람이, 차지한 땅

내가 본 나무

하나의 뿌리에서 갈라진 나무를 보았다.
원수라도 되듯 갈라진 줄기에선 찬바람만 불었지.
허리까진 하나였다.
한 몸으로 자라다 갈라진 나무
한 나무냐고 물었다.
그렇다고 대답했다.
아이 업은 새댁도 솜사탕 든 꼬마도
뿌리가 하나이니 하나라고 대답했다.
내가 아는 어느 산엔 나무들이 많았다.
꼭대기엔 굴참나무 사이에는 떡갈나무
산 아래 개울에는 잎 늘어뜨린 수양버들

뿌리가 하나이니
하나라고 말을 했다.
밑동이 하나이니
하나라는 말만 했다.
다른 잎 돋아있는 나무를 보면서도

촛불

굽이돌면 되는 줄 알았다.

굽이도니 언덕이 나왔다.

언덕 넘으면 되는 줄 알았다.

산 넘으니 황무지가 나왔다.

나비야

할매야

광장아

나비를!

할매를!

광장을!

괭이 들자.

박힌 돌 뽑아내자.

깡그리 갈아엎고

새 밭을 일궈내자.

굽이돌면 되는 줄 알았나!

언덕 넘으면 되는 줄 알았나!

갈아엎자.

불 피우자.

들풀처럼 일어나 썩은 나무 도려내자.

아이야

아이야
눈을 감아라.
양손으로 귀를 막고 듣지 말아라.

대사관 앞 소녀상
팽목항 푸른 바다
광화문 광장에 붉게 물든 칠순 노인의 피

아이야
눈을 감아라.
양손으로 귀를 막고 듣지 말아라.

봄이 오면

봄이 오면 바다로 가리.

김밥 싸서 둘러메고 바다로 가리.

무지개호 함교에는 신나는 노래

바람의 섬, 돌의 섬, 유채꽃의 섬

고래가 안내하는 맹골수도를 지나

봄이 오면

봄이 오면

김밥 싸서 둘러메고 제주로 가리.

유리벽

빈 건물 안에
말라 죽은 새 한 마리
나무에 머무르다 휘파람 불어대며
시냇물 줄기 따라 날아오르던 새

흔들리는 나뭇잎과
모여 앉은 꽃의 무리
야윈 몸으로 손바닥에 누워
꺽꺽 소리 내며 긴 숨 토해내며

얼마나 애탔을까?
얼마나 울었을까?
부리 흰 새
얼마나 그렸을까?

보이되 갈 수 없던 저 푸른 하늘을

민들레의 노래

슬퍼 마라.
산 너머로 새 떠났다고 울지도 마라.
척박한 이 땅에서 봄을 노래하며
민들레 품에 안고 지저귀었던 새
당당하게 소리치며 의로울 줄 알았다.

울지 마라.
이제는 못 온다고 주저앉지도 마라.
밟아대는 군홧발 똑똑히 기억하라.
남은 홀씨마저 무참히 짓밟으며
높다란 언덕에서 낄낄대는 십상시들

외면 마라.
잃지 마라.
모가지 쳐내는 날 우린 다시 가리라.

아이의 머리핀

내가 가진 것이라고는 열 구멍 단음 하모니카뿐이다. 집도 없고 가족도 없고 직장도 없다. 사람들은 날 하모니카 아저씨라고 부른다. 그만큼 난 하모니카 하나만큼은 자신이 있다. 그렇다고 이름이 알려져 번듯한 무대에서 연주를 하는 것도 아니다. 그만큼 실력이 안 되는 것일 수도 있겠지만 사람들에게 보이는 나의 모습이 너무 추하기 때문일 것이다. 난 다리가 없는 장애인이다.

머리는 크고 몸통은 작고 다리는 없다. 그래서 부모조차도 나를 버렸는지 모르겠다. 사람들은 나를 기형아라 불렀다. 또 병신이라 부르기도 했다. 또 어떤 사람들은 그저 몸이 불편한 사람이라고만 했다. 그래서 결혼하자고 했더니 기겁을 하며 도망을 가던 아가씨도 있었다. 시설을 찾아 동정어린 눈빛으로 보고 가는 사람들, 나는 그 눈빛이 싫었다.

몰래 시설을 빠져나오던 날, 몸에서 피가 나도록 기며 도착한 곳 그곳은 시설에서 500M쯤 밖에 떨어지지 않은 어느 채소가게 앞이었다. 그런데 참 재수 없게도 그 가게 주인이라는 사람이 돈 밖에 모르는 그런 사람이었다. 나를 보자 말자 소금을 뿌리고 발길질을 하던 사람, 하지만 난 배가 고프고 지쳐 눈에 보이는 것이 없었다. 탈진 상태에 이른 사람의 마음을 아는 이 얼마나 될까?

남은 힘을 모아 하모니카를 불었다. 하모니카 소리에 지나가던 사람들이 모여들기 시작했고 모여든 사람들은 나와 가게 주인을 번갈아보며 하모니카 소리에 귀를 기울였다. 그리고는 하나둘씩 내 앞으로 동전을 던져주는 것이었다. 그때 채소가게 주인이 이렇게 말을 했다. 그것은 소금을 뿌리고 발길질을 하던 때와는 전혀 다른 태도였다.

"에구 가엾어라. 이렇게 불쌍한 사람이 있나……. 들어가자, 가서 밥 먹자."

하모니카 인생이 시작되게 되었다. 비가 오나 눈이 오나, 내린 눈이 얼어 빙판이 된 날에도 길거리로 나와 깡통 하나 앞에 두고 하모니카를 불었다. 빌어먹을 동냥질, 시설을 떠나며 갖게 된 나의 직업 아닌 직업.

그렇다고 그 외에 내가 할 수 있는 일이 있는 것도 아니었다. 또 도망칠 수도 없었다. 나를 놓아줄 사람도 아니었고 도망칠 용기도 없었다. 채소가게 주인은 기대 이상으로 돈을 벌어오는 나를 보며 내심 흐뭇해했다. 만 원권 지폐를 주고 가는 사람도 있을 정도였으니 아침 저녁으로 밥 한 공기에 김치 하나 챙겨주는 수고쯤은 감내하고도 남을 일이었다.

그러나 나는 돈 따위엔 관심이 없었다. 밥걱정을 할 필요도 없는 일, 늙어간다고 버림도 받지 않을 테니 늙은 노인이 구걸을 하는데……. 눈치 빠른 주인 그것까지도 내다보고 있을 것이었다.

내가 하모니카를 불며 동냥질을 시작한 지 3년이 지난날이었다. 그날은 기상 관측을 시작한 이래 가장 추운 날이라고 했다. 얼마나 추웠는지 나온 콧물이 얼어붙을 정도였다. 찬바람만이라도 막고 싶었다. 하지만 정상인들처럼 상점 안으로 들어갈 수도 없는 일, 바람을 피할 곳이라고는 건물과 건물 사이 뿐이었다. 그러나 건물 사이에선 동냥질을 할 수가 없었다. 그래서 생각 끝에 찾게 된 곳이 지하도였다. 사람들의 왕래가 빈번한 곳, 찬바람도 막을 수 있는 곳, 그렇지만 계단을 내려가는 일이 나에겐 만만한 것이 아니었다. 몸을 뒤로 돌려 팔을 옮기고 몸뚱이를 내리고, 또 그렇게 팔을 옮기고 몸뚱이를 내리고 얼음장처럼 차가운 계단 바닥은 금새 손의 감각을 앗아가고 있었다. 그렇게 혼신의 힘을 다해 계단 중간 지점에 내려섰을 때 보이지 않던 모습이 보이고, 가냘픈 아이의 목소리가 나의 귀에 들려왔다.

"머리핀 사세요. 예쁜 머리핀이 있어요. 아주 값싼 머리핀이에요. 머리핀 사세요."

열 살쯤 되었을까. 초췌한 모습의 아인 예쁘지도 않은 머리핀을 앞에 두고 지나가는 사람들을 향해 말을 하고 있었다. 조개껍질로 만든 것도 나뭇잎으로 만든 것도 돌로 만든 것도 있었다.

'저런 물건을 누가 살까?'

난 속으로 그렇게 생각을 했다. 그것은 시중에 나와 있는 머리핀에 비하면 초라하기 그지없는 것이었다. 좋은 물건도 팔기 어려운 세상에 누가 저런 물건을 산다는 것인지, 난 나의 모습도 생각지 않고 이런 생각을 해댔다.

하지만 이런 생각도 들었다. 어쩜 소녀는 나보다는 나은 몸일지 모른다는 생각, 적어도 사람들의 동정어린 시선은 보지 않아도 될 테니 말이다. 앞을 보지 못하는 아이, 찌든 때가 새까맣게 묻은 손, 손톱 아래의 더러운 때. 얼어붙어 뻣뻣해진 손가락. 아이가 가엾다는 생각이 들었다. 잊고 지낸 시설에서의 일들이 또 생각났다. 문인 줄 알고 발을 내딛었다가 창문 아래로 떨어져 죽은 아이, 엄마가 보고 싶다고 자주 울던 아이, 그 아이도 맹인이었다. 그런 생각들이 들자 예쁘진 않아도 필요치도 않아도 아이 앞에 놓인 머리핀을 사주고 싶어졌다. 그래서 아이에게 말을 걸었다.

"하나에 얼마니?"

아이는 활짝 웃으며 대답을 했다.

"고맙습니다, 아저씨. 500원이에요."

"네가 하나 골라줄래? 난 예쁜 것을 잘 몰라서 말이야."

"그럼요!"

소녀는 기쁨에 찬 목소리로 대답을 하며 조개로 만든 머리핀 하나를 내게 건네주었다.

"이건 희망을 주는 핀이에요. 예쁘죠?"

"희망을 주는 핀?"

"네. 희망을 주는 핀, 이름이에요."

아이는 그 핀을 그렇게 불렀다. 왜 그렇게 부르는지는 알 수 없지만 이름과 달리 머리핀은 예쁘지가 않았다. 마무리 작업도 그렇고 색칠도 엉망이었다. 거저 준대도 하지 않을 만큼 엉성한 것이었다. 하지만 기왕 사주기로 마음먹은 거 기분 좋게 사주자고 생각했다. 딴엔 큰 선심을 써는 듯 한 마음까지 들었다.

"그래 예쁘구나! 하나 더 줄래?. 선물을 할 사람이 한 사람 더 생각났거든."

소녀는 정말로 기뻐하며 말했다.

"정말요 아저씨. 그렇게 예뻐요? 아저씬 멋쟁이 같아요. 큰 키에 멋진 옷을 입은 아저씨……. 마치 왕자님처럼 말예요. 전 태어날 때부터 앞을 보지 못해 사람이 어떻게 생겼는지 몰라요. 하지만 누가 그랬어요. 왕자님을 만나 그 분이 내 이마에 입맞춤 해주면 눈을 뜰 수 있다고 그랬어요. 왕자님은 키가 크다고 했어요. 아마도 내가 손을 뻗쳐도 그 분의 머리끝을 잡지 못할 거예요. 아저씨도 멋져 보여요. 아저씬 키가 크나요? 아저씬 무슨 옷을 입고 있죠? 아저씨를 또 볼 수 있을까요?"

그날 난 하모니카를 불지 못했다. 아이가 건네주는 핀을 건네받고는 소리 없이 그 앞에 앉아 줄곧 아이를 지켜보기만 했다. 안녕 하고 인사까지 했지만 그렇게 앞에 앉아 지하도를 떠나지 않았다. 멋져 보인다는 말까지 들은 마당에 그 앞에 앉아 하모니카를 불며 구걸을 할 수는 없는 일이었다.

차가운 계단 바닥에 앉은 아이와 그 앞에 놓인 머리핀, 아이는 심하게 떨고 있었지만 지나가는 사람들의 눈에는 그 떨림이 보이지 않았다. 무엇이 그리 바쁜지 앞만 보며 걷기 바빴고 머리핀 사라는 아이의 작은 떨림 소리도 사람들의 귀엔 들리지 않았다. 지하도 밖 상가에서 들려나오는 음악소리와 자동차소리, 사람들의 발자국소리, 얘기소리에 묻혀있을 뿐이었다. 아이는 무릎을 구부려 끌어당기고는 거기에 턱을 괴고 앉아 두 손을 입으로 가져가 호호 불어대었다. 3시간이 지나도 머리핀은 팔리지 않았다.

이불이라도 있다면 아이의 몸을 감싸주고 싶었다. 수없이 많은 또래 아이들이 엄마와 아빠의 손을 잡고 그 앞을 지나쳐갔다. 어쩌다 가끔 나와 아이를 번갈아 보는 사람들이 있긴 했지만 그것으로 끝이었다.

바람에 떨리는 나뭇잎 마냥 턱까지 떨려오는 아이의 몸, 뭐라도 해주고 싶었다. 왜일까? 내 머릿속엔 구걸을 해서 돈을 벌어 가야한다는 생각은 사라지고 오직 그 생각만이 가득 차고 있었다. 그러나 내가 해줄 수 있는 것이 없었다. 주머니 속에 가진 돈이라고는 늘 가지고 다니는 3000원이 전부였다. 그것으로는 아이에게 옷은커녕 따뜻한 장갑조차도 사줄 수 없는 돈이었다. 하지만 문득 김이 나는 호빵이라면 조금쯤은 아이의 손을 녹여주지 않을까하는 생각이 들었다. 그리고 작업용 면장갑 하나 정도는 더 살 수도 있을 것 같았다.

계단을 오르려 짚은 바닥의 찬 기운이 또 그대로 전해져왔다. 바깥에서 부는 바람은 뼛속까지 차갑게 했다. 한쪽에 놓아둔 바퀴달린 수레에 몸을 올리고 손으로 땅을 밀며 장갑을 파는 철물점과 빵집을 찾아갔다. 어디에 무엇이 있는지 훤히 아는 동네이지만 가게 주인들 얼굴도 훤히 알고 있지만 정작 그들은 문을 열고 들어서는 나를 보며 손사래부터 쳤었다. 하지만 그날만큼은 그들의 눈치를 보지 않아도 되었다. 볼 필요가 없는 일이었다. 내가 돈을 주고 물건을 사는 입장이기 때문이었다. 단지 돈을 먼저 보여주고 물건을 산다는 것이 웃길 뿐이었다. 또 웃기는 것이 하나 더 있다면 보통 사람들이 빵을 사면 감사합니다, 하고 인사를 하는 사람들이 내가 사면 그렇지 않는다는 것이었다. 그러나 또 그런 것쯤은 아무렇지 않았다. 그 정도의 일은 아무것도 아니었다.

장갑과 호빵을 비닐에 넣은 후 잠바 속에 넣어 아이가 있는 지하도를 다시 찾았다. 서둘렀지만 한 시간은 족히 지난 시간, 아이는 여전히 그곳에 있었고 떨고 있는 모습도 그대로였다. 나는 아이에게 호빵을 건네며 말을 했다.

"이거 먹어."

그리고는 입에 가져다 대고 있는 아이의 손을 잡아 따뜻함이 남아있는 호빵을 쥐어주었다. 초점 없는 눈동자로 내 목소리를 쫓아 고개를 든 아이의 표정이 놀라움과 반가움으로 교차되었다. 쥐어준 호빵을 꼭 잡고 뭔가 잠시 생각하던 아이는 턱을 떨면서도 미소를 지으며 말을 했다.

"희망을 주는 핀 사가진 아저씨 맞죠? 멋쟁이 아저씨 맞죠?"

하지만 나는 거기에 대답을 하지 못했다. 나는 멋쟁이 아저씨가 아니라고 하모니카를 불며 구걸을 하는 다리 없는 사람이라고도 말하지 못했다. 하지만 아이는 몹시도 반가운 듯 말을 이었다.

"목소리 듣고 알았어요. 오늘 머리핀 사가진 분이 아저씨 밖에 없었거든요. 핀 사가지고 간 사람이 아저씨 밖에 없어요. 그래도 아저씨가 사주어서 오늘은 1000원을 벌은 걸요. 그리고 제가 만든 핀이 예쁘다고 해주었잖아요."

호빵을 손에 쥔 아이가 볼에도 호빵을 가져다 대었다.

"너무 따뜻해요."

아이는 호빵을 먹으려 하지 않았다. 그저 따뜻해서 좋다는 말만 되풀이하고 있었다.

그것이 아이와의 첫 만남이었다. 그날 아이는 1000원을 벌었고 나는 한 푼도 벌지 못한 채 가게로 돌아가 주인으로부터 혼이 나야했다.

그날 이후 나는 매일 지하도를 찾게 되었다. 그러나 계단 중간쯤이 아닌 계단이 시작되는 입구가 나의 자리였다. 날씨는 좀처럼 풀리지 않았지만 1월의 칼바람 앞에서도 나는 꿋꿋이 자리를 지키며 아이를 보았다. 하모니카를 불지 않아 사람들이 주고 가는 돈은 많지가 않았지만 아무렇지 않았다. 수입이 적다고 채소가게 주인이 쫓아낸다면 나오면 그만인 일이었다. 물론 그리 쉽게 놓아줄 사람도 아니겠지만 그렇다고 어떻게 할까? 죽이기라도 할까? 때리고 발로 차다가 자기 풀에 지치고 나면 눈앞에서 사라지라고 말할 것이다. 병신이라는 손가락질도 혀를 차며 지나가는 사람들의 동정어린 시선도 나에겐 무의미한 일이었다. 사랑하는 사람도 책임져야할 가족도 또 남겨두고 감에 대한 미련도 없는 몸, 나는 두려울 것이 없었다.

아이는 변함없이 지하도를 찾아 자리를 지키고 있었다. 가끔 던져주고 가는 동전의 개수가 다를 뿐 그 바구니와 머리핀이 담긴 바구니도 그대로 있었다.

아침 10시면 그곳을 찾아 오후 4시면 떠나는 아이, 동행해주는 사람도 없이 홀로 하얀색 지팡이를 두드리며 지하도를 오고가는 아이, 하지만 아이가 어디에 사는지는 알지 못했다. 바퀴가 달린 수레에 몸을 올리고 손으로 밀며 아이를 따라 가볼 수는 있지만 굳이 그렇게까지 하며 아이의 집을 알 필요는 없는 일이었다. 다만 좀 더 시간이 지나 그때도 아이가 혼자서 지하도를 찾는다면 그땐 한 번쯤 아이의 집을 찾아가보고 싶다는 생각이 들었다. 왜 저렇게 어린 아이를 혼자 밖으로 보내고 있는지 부모는 어떤 사람인지 집에는 누가 살고 있는지 무슨 사정이 있는지 알고 싶었다. 내 눈이 머물고 있는 곳에 있는 아이, 첨 만났을 때 입었던 옷을 여전히 입고 있는 아이.

아이를 만난 지 보름이 지났을 무렵, 그날 아이는 흰 마스크를 하고 지하도에 나타났다. 창백한 얼굴에 더욱 야윈 모습으로 나타난 아이는 머리핀을 사라는 말도 하지 못하고 계단에 쪼그리고 앉아 떨고만 있었다. 내가 사주었던 장갑은 새까맣게 때가 묻어있고 차가운 날씨에도 옷가지 하나 더 걸치지 않은 모습으로 그렇게 있었다. 그러다가 아이는 결국 차가운 바닥으로 쓰러지는 것이었다.

지나가는 사람들이 안타까운 눈으로 보긴 했지만 아이를 안고 병원을 찾는 사람은 없었다. 아이가 죽을 지도 모를 일이었다. 나는 지하도 위에서 지나가는 사람들을 향해 소리를 질렀다. 그렇게 소리를 질러본 적이 있었을까? 내 목소리에 지나가는 사람들이 화들짝 놀라며 나를 보고 아이를 보았다.

"애가 쓰러져 있잖아요! 누구라도 신고 좀 해줘야 하는 거 아니에요? 안 그래요!"

아이는 며칠 간 지하도에 오지 않았다. 어쩜 이젠 다신 지하도를 찾지 않을 거라는 생각이 들었다. 다행스런 일이겠지만 아이를 보지 못한다는 생각이 가슴 한편을 허전하게 하기도 했다. 아이가 앉아있던 자리엔 사람들의 발자국만 남았고 머리핀이 있던 상자도 아이 앞의 바구니도 아이처럼 거기에서 모습을 감추었다.

또 왜일까? 아이가 없어도 하모니카를 불지 못한다는 것……. 아이가 볼까 두려워서가 아니었다. 채소가게 주인이 괜찮다고 말해주는 것은 더더욱 아니었다. 아이를 만난 후 나는 병신인지 멋쟁이인지

내가 누구인지 답을 내리지 못하게 되었다.

'내가 누구일까? 나 병신인데……. 하지만 아이에게 멋쟁이 아저씨로 남을 순 없을까? 병신은 멋쟁이가 될 수 없을까? 팔다리 멀쩡해도 약한 사람 괴롭히는 채소가게 주인 같은 사람도 있는데.'

다시 오지 않을 거라 여겼던 아이는 며칠이 지난 날 다시 지하도를 찾고 있었다. 아이와의 첫 만남 이후 첨으로 말을 걸어보는 날이기도 한 날, 나는 아이가 자리를 잡은 후 얼마 뒤 아이 앞으로 다가가며 말을 걸었다.

"잘 있었니?" 아이는 내 목소리를 듣고는 바로 고개를 들며 웃음을 지어보였다. 그리고는 밝은 목소리로 말을 했다.

"멋쟁이 아저씨 맞죠? 희망을 주는 핀 사 가신 아저씨 맞죠? 호빵도 사주시고 장갑도 사 주신 아저씨 맞죠?"

아이는 짧은 내 목소리에도 나를 분명히 기억하고 있었다. 그러나 나는 멋쟁이가 아니다. 그래서 아이에게 대답을 했다.

"맞긴 한데 멋쟁이는 아니야."

그러자 아인 뭔가 이상하다는 듯 다시 말을 이었다.

"왜 그렇게 얘기 하세요? 저한테 멋쟁이 아저씨면 멋쟁이 아저씨가 맞는 건데……. 그렇지 않나요?"

맞는 말일지도 모를 일이었다. 그러나 다리 없는 불구의 몸인 걸 어떻게 할까? 사람들이 모두 병신이라 놀림을 어떻게 할까? 멋쟁이 아저씨라고 말할 수는 없는 것이었다. 그래서 나는 거기에 대한 대답은 하지 않고 보고 싶었던 마음을 얘기해주었다.

"네가 보고 싶었어."

"저를요?"

아이는 믿을 수 없다는 표정으로 물었다.

"응."

"왜 제가 보고 싶었어요? 저는 못 생기고 앞도 못 보는 가난한 아이인데요."

아이의 얼굴에 슬픔이 서렸다. 그러나 나는 아이가 없는 동안 가졌던 마음을 솔직하게 말해주었다.

"매일 널 보았단다. 그저 말을 걸지 않았을 뿐이지. 네가 없는 3일 동안 네 생각 많이 했어."

그러자 아이는 뭔가 조금은 이해가 가는 듯 한 표정을 지으며 말을 이었다.

"아! 아저씨 이 부근에서 사시나 봐요. 전 또 첨 본 이후 저를 계속 보고 싶어 했다는 말인 줄 알고……."

아이의 표정이 조금은 밝아져왔다. 그 밝음은 어이진 나의 질문에 놀라움으로 바뀌었다.

"많이 아팠니?"

아이가 되물었다.

"아저씨가 어떻게 아세요?"

"말하지 않았니? 너를 계속 보았다고……."

"참 그러셨죠. 사실은 감기가 심했어요. 시간이 지나면 나을 줄 알았는데 그렇지 않았어요. 집에 할머니가 계시기는 하지만 할머닌 거동을 못하셔요. 동사무소에서 봉사자 아주머니들이 가끔 오셔서 도와주고 있죠. 할머닌 자리에서 꼼짝도 못하시는 분이세요. 집엔 할머니와 저뿐이에요. 하지만 전 알아요. 할머니 얼굴은 모르지만 만져보면 얼굴과 손이 참 따뜻하거든요. 몸이 따뜻한 사람은 마음도 따뜻하대요. 그렇지 않나요? 아저씨."

왜였을까, 눈가가 젖어오는 이유가, 아이를 도와주고 싶다는 생각이 마음 깊은 곳에서 올라왔다. 아이를 쉬게 하고 내가 돈을 벌어 아이를 보살피고 싶어졌다. 내가 사람들로부터 받은 동정어린 시선을 아이는 받지 않고 살았으면 좋겠다는 생각이 들었다. 내가 하루 버는 돈이면 하루 세끼 밥은 해결될 터였다. 하지만 걸리는 것이 있었다. 그것은 그렇게 되면 나 자신이 다리가 없는 장애인이고, 구걸을 하는 사람이란 걸 아이가 알게 된다는 것이었다. 나는 아이에게 그 모습만은 보이고 싶지 않았다. 지금껏 나를 멋쟁이 아저씨라고 불러준 사람이 아무도 없었는데 그것만은 지키고 싶었다. 멋쟁이 아저씨로 남고 싶었다.

아이에게 나는 멋쟁이 아저씨일지 모른다고, 정말 멋쟁이 아저씨일지 모른다고 아이는 보지 못하니 아이가 생각하는 멋쟁이 아저씨로 남아 살아갈 수 있을지도 모른다고 생각했다. 아이의 집에서 함께 살 수는 없어도 하루 버는 돈을 채소가게 주인에게 주지 않고 아이에게 주며 살면 행복할 것 같았다. 얼마나 아이가 행복해 할까?

채소가게 주인으로부터 많이 맞을 수도 있겠지만 어쩜 매를 맞고 쫓겨나 지하도에서 자게 될지도 모르지만 내가 누군가에게 행복을 줄 수 있다면 그만일 것 같았다. 그런 생각이 들자 정말 그렇게 살고 싶어졌다. 그래서 나는 아이에게 그 마음을 말해주었다. 물론 내가 널 도와주고 싶다더니 하는 말은 아니었다. 그것은 괜한 오해를 불러일으키고 자칫 기분을 상하게 할 수도 있는 말이기 때문이었다. 나는 아이의 마음을 다치게 하고 싶지 않았다.

"매일 널 보며 지나치겠지만 매일 말을 걸 수는 없을지 몰라. 바빠서 급히 뛰어가야 할 때도 있을 테니까. 하지만 아저씨 생각에 너에게도 좋은 일이 있을 것 같다는 생각이 들어. 그게 뭐냐면 말이야. 아저씨 아는 사람 중에 액세서리 사업을 하시는 분이 있어. 그 분은 재능 있는 사람들에게 투자를 많이 해. 그래서 기술을 익히게 하고 좋은 제품을 만들 수 있게 도와주지. 너에게 받은 머리핀을 보여줬더니 참 기뻐했어. 앞을 보지 못하는 아이가 어떻게 이렇게 예쁜 핀을 만들었냐면서……."

물론 그것은 거짓말이었다. 하지만 아이는 몹시 기뻐하며 말을 했다.

"정말요? 아저씨! 정말 그렇게 기뻐했어요?"

"그럼. 그래서 그 분이 그러더구나! 너를 돕고 싶다고 매일 조금씩 너에게 도움을 주고 싶다고 했어. 대신 더 멋진 머리핀을 만들어야 한다고 했어. 물론 매일 머리핀을 달라는 건 아니야. 그저 더 예쁜 머리핀을 만들기 위해 노력을 하라는 거지. 괜찮을까?"

아이는 정말 기쁜 듯 했다. 잔뜩 들뜬 표정으로 고개를 들고는 한참을 있었다. 그것은 마치 자신의 소원이 이루어졌을 때에나 지을법한 표정이었다. 아이는 그렇게 행복한 표정으로 말을 이었다.

"그럼요, 아저씨. 좋구 말구요. 전해주세요. 돈은 안주셔도 된다구요. 하지만 제가 만든 머리핀이 그렇게 마음에 드셨다니 더 열심히 만들겠다고 전해주세요. 저 그렇게 할 수 있어요."

아이는 자기 앞에 놓여있던 머리핀을, 볼품없는 머리핀을 손에 꼭 쥐고는 기쁨 속에서 그렇게 말을 하고 있었다.

그날 이후 아이의 표정은 그 전과는 사뭇 달라있었다. 어두웠던 표정에선 생기가 돋아났고 여러 가지 재료를 가져다놓고 열심히 머리핀 만들기를 반복했다. 머리핀 사세요! 하는 말도 하지 않았다. 그 말은 더 이상 소녀에게 의미가 없는 말이 된 것 같았다. 이제 남은 것은 가상의 액세서리업체 대표가 되어 아이에게 도움을 주는 일뿐이었다.

나는 생각을 했다. 만일 내가 소공녀에 나오는 세라의 아버지라면 또는 고통 속에서 살던 신데렐라를 신부로 맞는 왕자이거나 말없이 얘기를 들어주던 키다리 아저씨라면……. 나도 온전한 몸으로 태어났다면 그런 모습으로 살 수도 있지 않았을까 하는 생각이 들었다. 동화 속의 왕자나 부자 아빠가 아니더라도 큰 빌딩을 가진 건물주나 특급 호텔의 대표 또는 대학교수가, 아니 빼어난 미모로 길거리 캐스팅이라는 운을 잡고 나름 연기를 운운하며 사람들이 부러워하는 배우가 되었다면, 그럼 얼마나 멋진 삶을 살았을까?

만일 내가 갑부라면 나는 많은 자선단체를 만들어 어려운 이웃을 도와줄 것이라 생각했다. 물론 일하는 직원들에게도 좋은 보수를 주고 어려운 학생, 어려운 가정을 도와줄 것이었다. 꼭 그것을 바라고 하는 것은 아니지만 만일 그렇다면 사람들의 존경을 받으며 별말씀을요? 하며 조금쯤은 우쭐한 내 마음을 숨기며 그들 앞에 서게 될지도 모를 일이었다. 자신의 재산을 늘리려 거짓말 하고 권력과 손을 잡는 사람들을 비난하며 길을 걷다가도 어려운 이웃을 만나게 되면 망설임 없이 도움을 주는 삶, 그렇게 되면 국가에서도 감사패 하나쯤은 줄지도 모를 일, 하지만 그것조차도 거절하며 이 시대의 기업가나 권력가들과는 다르다는 것을 보여주며 살 것이다.

그런 삶이 아닌 유명 배우가 되었다면, 진정 연기자라는 소리를 들으며 노력하며 살 거라고 생각했다. 연기만을 생각하는 참 연기자, 역할을 받기 위해 로비를 하는 사람들을 비난하며 오로지 그 길만을 보며 살아가는 사람, 인기는 못 얻어도 존경은 받을 것이다. 그러다 보면 세상도 알고 사람들도 알아 내 이름이 유명해질 것일 테니…….

순수문학을 한다 해도 좋은 일일 터이다. 돈은 많으나 내세울 것이 없는 사람들이 무슨 문학회를 만들어 자기들끼리 회장하고 이사하고 이름뿐인 문학상을 수여하고 받는 이들에게 일침을 가하며, 나를 향해 무슨 말인가를 듣기 위해 눈망울 반짝이는 학생들을 보며 시는 말이지…… 하며 말해줄 수 있는 사람으로 살아간다면.

그런 쪽에 소질이 없고 운동에 소질을 가지고 태어나 마라톤을 했다면 나는 절대 포기하지 않는 선수가 되었을 것이다. 매일을 한결같이 뛰다보면 올림픽에도 나갈 수 있을 테고 설혹 그 정도의 실력이 되지 못하더라도 매 대회에서 완주하는 모습을 보인다면 그래서 혹여 기자들이 그런 나에게 인터뷰를 요청한다면 나는 이렇게 말할 것이다.

"마라톤은 인생입니다. 어려운 고비도 있지만 그것을 이기고 넘기면 또 다른 길이 있지요. 그래서 저는 포기하지 않는 것입니다."

내 몸만 정상인으로 태어났다면 참 할 일이 많을 것 같았다. 아니 존경받는 멋진 사람이 될 수도 있었을 것이다. 하지만 내 몸은 머리는 크고 다리는 없는 몸, 이런 모습으로 무엇을 할 수 있을까? 가난한 사람들을 도와주고 인기를 좇는 풍토를 비난하고 젊은이들에게 참 문학을 말하며 가르치는 삶, 또 포기하려는 이들에게 본보기가 되어줄 수 있는 삶, 그것은 이런 몸으로는 안 되는 것이다. 그것은 비단 나뿐만이 아니라 가난한 사람들도 힘없는 사람들도 할 수 없는 일, 돈이 많거나 힘이 있어야 할 수 있는 일인 것이다.

아이도 마찬가지 자신이 만든 머리핀을 보고 도움을 주겠다고 한 가상의 액세서리 대표를 생각하며 만들고 또 만들 것이다. 첨부터 다리 없는 내 모습을 보았다면 그런 내가 너에게 도움을 주고 싶다고 말했다면 아이는 나를 비웃었을 것이다. 나는 멋쟁이 아저씨가 되어야 했다. 아이에게 약속한 것처럼 아이에게 도움을 주는 그런 사람으로 남고 싶었다. 그러나 내가 할 수 있는 일은 하모니카를 불며 바구니에 동전이 채워지길 바라는 구걸뿐이었다.

아이에게 돈을 주기 위해선 하모니카를 불어야 했다. 하지만 아이가 있는 지하도 계단에서 그럴 수는 없는 일이었다. 아이에게 내 모습을 보일 수는 없었다. 찬바람이 살을 파고드는 계단 밖, 나는 그 계단 끝에 앉아 구걸을 했다. 아저씨의 구두소리, 아가씨의 하이힐소리, 종종걸음의 아이들 발자국소리, 10원짜리 동전의 짤랑임 소리, 랩에 싼 김밥을 건네주는 여학생의 하얀 손, 종일 앉아있어도 보지 못하는 사람들의 얼굴, 변함없는 일상, 나의 운명, 내 모습……. 그래도 나에겐 할 일이 생겼다. 누군가에게 도움을 주는 사람, 이 정도 추위쯤은 아무것도 아니었다.

저녁이 가까워오면 사람들이 주고 간 돈이 제법 되었다. 동전은 골라내고 미리 주머니에 챙겨둔 지폐와 남은 지폐를 모아 정확히 3시 반에 아이의 바구니에 넣어주었다. 물론 내가 직접 넣어주는 것은 아니었다. 지나가는 사람들의 도움을 빌려야 했지만 그 순간의 기쁨은

뭐라 말할 수가 없었다. 주로 대학생 정도의 젊은 사람들에게 부탁을 했는데 이유는 그들에겐 아직 세상의 때도, 인생사의 고단함도 덜 배여 마음의 순수함이 남아있기 때문이었다. 또 내가 그들에게

"잠시만요, 부탁 좀 드릴게요."

하며 말하는 소릴 아이는 들을 수가 없었다. 끊임없이 이어지는 사람들의 발걸음과 도로 위를 달리는 자동차소리, 상가에서 울려 퍼지는 노랫소리, 바람소리, 그 속에서 잠시만요 하며 부르는 내 목소리가 들릴 리는 없었다.

채소가게 주인은 단단히 화가 나있었다. 아이를 다시 만난 후 한 달이 지나도록 가져오는 돈이 없었기 때문이었다. 발에 차이고 주먹에 맞아 입술이 터지고 코피가 나도 행복했다. 누군가에게 힘이 되어준다는 사실이 나를 기쁘게 하고 있는 것이었다.

2월 중순 설을 며칠 지난 뒤인 어느 날 아침, 채소가게 주인이 나를 번쩍 들고 배추더미 속으로 던져버리던 날, 그날 나는 하모니카를 불지 않았다. 몸이 아픈 것도 있었지만 그날만큼은 다리 없는 병신이라는 나 자신이 너무 싫었다. 다리만 있었어도 한 번쯤 같이 싸울 수도 있었을 텐데, 머리카락 없이 반들반들한 그 인간의 이마에 박치기라도 했을 텐데……. 분을 삭이며 계단 끝에 앉아 있기만 했다. 아이는 여전히 거기에 있었고 변함없이 손을 놀리며 새로운 머리핀을 만들고 있었다.

그날 저녁에도 나는 수입 없이 들어갔고 참다못한 채소가게 주인

은 개를 묶어두던 올가미에 내 목을 채우고는 가게 뒤 창고에 가두어버렸다. 밥도 주지 않고 이불도 주지 않았다. 배고픔보다 무서운 것은 밤새 이어지는 추위였다. 다리라도 있다면 웅크리고 앉아 버티기라도 하겠지만 내가 할 수 것이라곤 몸과 볼을 손으로 부비는 것뿐이었다.

3일 후, 돈을 가져오지 못하면 쫓아내겠다던 협박이 있던 날 아침, 협박처럼 다시 찾지 않으리라 다짐을 했다. 지하도 한 편에서 신문지를 덮고 자더라도 다시 그곳으로 돌아가진 않을 터였다. 생각을 굳히고 나니 한결 마음이 편해져왔다. 하모니카를 꺼내 다시 불 수 있었고 오후 3시 반이 되었을 땐 아이의 바구니에 얼마간의 돈을 다시 넣어줄 수 있었다.

'그래 나는 멋쟁이 아저씨로 살아갈 거야. 그럴 수 있어.'